U0130509

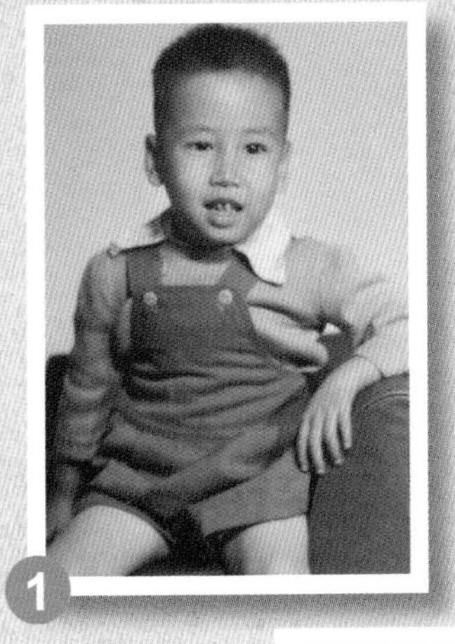

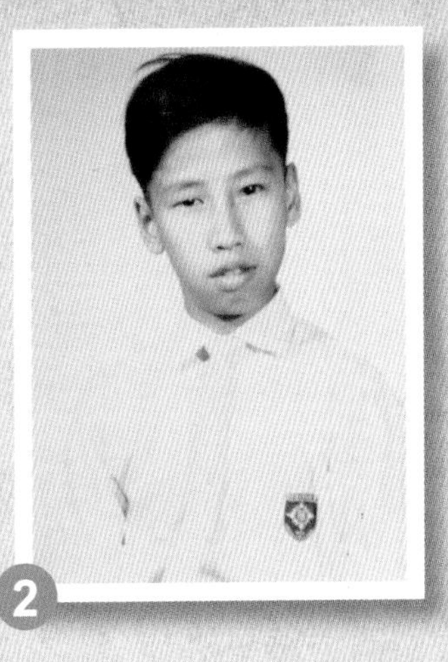

1. 黃易四歲時攝。
2. 黃易小學校服照。
3. 1977 年，黃易（左一）獲得「生力獎學金」。
4. 1984 年，黃易與萬一鵬老師（右）攝於大嶼山觀音寺。

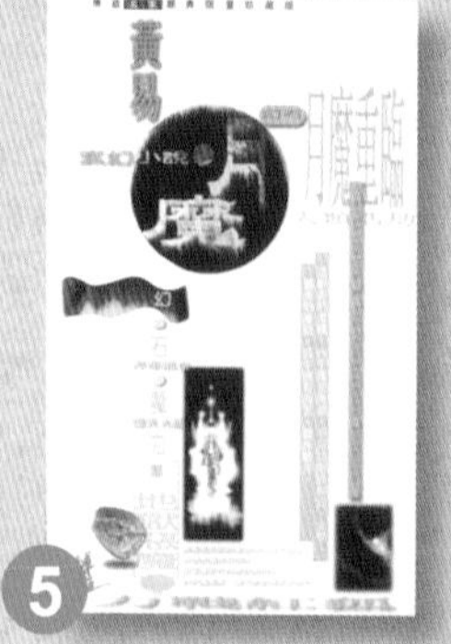

5.《月魔》書影，黃易首部單行本小說。

6.《超腦》書影（短篇小說集）。

7.《文明之謎》書影（散文集）。

8. 黃易手跡。

9. 黃易大學時期國畫作品。

10. 2007 年，黃易於泰國新書發佈會為讀者簽名。

11. 2009 年，黃易到上海出席新書發佈會，在接受訪問時攝。

12. 2009 年，黃易與高美慶教授攝於「跨越東西 遊戲古今——丁衍庸的藝術時空」開幕展上。

13. 2011 年，黃易（左）與大學同學攝於家中工作室。

14. 2013 年，黃易（右二）與大學同學攝於家中天台。

15. 2015 年，黃易到台灣出席電腦遊戲《黃易派來的 Online》時攝。

16. 2016 年，黃易（左一）在菲律賓潛水。

【武俠小說家散文系列】

黃易散文集

孫立川 編

書　　名　黃易散文集
作　　者　黃　易
主　　編　孫立川
責任編輯　宋寶欣
美術設計　郭志民
出　　版　天地圖書有限公司
香港皇后大道東109-115號
智群商業中心15字樓（總寫字樓）
電話：2528 3671　傳真：2865 2609
香港灣仔莊士敦道30號地庫／1樓（門市部）
電話：2865 0708　傳真：2861 1541
印　　刷　亨泰印刷有限公司
柴灣利眾街德景工業大廈10字樓
電話：2896 3687　傳真：2558 1902
發　　行　香港聯合書刊物流有限公司
香港新界大埔汀麗路36號中華商務印刷大廈3字樓
電話：2150 2100　傳真：2407 3062
出版日期　2018年7月初版／10月第二版・香港

「黃易出版社有限公司」授權出版

ISBN：978-988-8258-85-7

序

宋寶欣

不知不覺，「武俠小說家散文系列」已來到第六本。有別於還珠樓主、梁羽生等前輩，黃易開創了玄幻武俠小說先河，作品常常帶有玄幻味道，例如《大唐雙龍傳》。這與作者本人的興趣有頗大關係。黃易愛好玄學，精通《易經》，筆名「黃易」正取自《易經》。他博學多聞，學貫中西，是小說家，亦是畫家，文字既現代又深具中國傳統文化內涵，動感美感兼備，風格自成一國，吸引了無數讀者。正因情節性及畫面感極強，黃易作品常改編為電視劇、漫畫、網絡遊戲等等，最為人熟知的有電視劇《尋秦記》和遊戲《黃易群俠傳Online》。黃易本人更是超級電玩迷，常為此廢寢忘食，或許因此作品特別適合改編為遊戲，深受遊戲界青睞。

黃易與諸位前輩相似的是，在小說名滿天下之時，散文往往為人所忽略。究其原因，一來他的散文本來就不多；二來甚少結集，歷年只出版過一本散文集《文明之謎》，且罕為讀者注意。是次敝公司有幸出版《黃易散文集》，除盡力搜羅散見於報章、書刊的文章，亦收錄了數篇對談和專訪，可說是出版界中第一本最全面的黃易散文結集。

本書共分四輯，輯一「文明之謎」亦即一九九五年出版的《文明之謎》的內容。黃易素來興趣廣泛，對國畫、藝術、玄學、瑜伽、密宗、八字、星相學、古琴、音樂、電影等多有鑽研，早年小說如凌渡宇系列不時表達自己對宇宙、史前文明等方面的思考，這在《文明之謎》中討論得更多、更深入，涵蓋了他對失落文明、科學與玄學、命運人生、生命為何、心靈力量等的反思。以上都是黃易小說的重要元素，構築起那個幻術奇變、重視精神、探索生命的武俠世界，而這些文字都能在《文明之謎》見其端倪，足證作者的成長屐痕。

輯二「剎那芳華」收錄黃易在一九九零至九一年於《星島日報》副刊連載的散文。「剎那芳華」為其專欄名稱。因部份文章已收錄於《文明之謎》，本輯只取未出版的作品。內容除了宏觀地反思生命、心靈、歷史，亦有對教育、藝術等相對微觀的思索，與輯一可說相輔相成、相得益彰。

輯三「雜文」則是作者散見於各大報刊雜誌的文章。〈漫談玄幻小說〉聊他的老本行，〈未完的故事〉是對一位見義勇為而下身癱瘓的英雄的紀錄，〈萬一鵬的指下世界〉有關國畫，〈丁衍庸的獨家製造〉、〈午覺冊〉則談他的藝術老師。讀者在本輯中可見作者感性溫馨、細膩的一面。

輯四則精選了數篇較詳盡、獨特的對談。作者暢談自己的經歷、興趣、合作夥伴、創作經驗等，例如自己擅玩洞簫，愛繪國畫，同時也是超級電腦遊戲迷，如此多極的愛好與興趣，讓向來隱身於故事幕後的「黃易」一下子立體親切起來。

總括而言，黃易散文精而不多。他的散文以另一種形式展現了自己在小說中的情節、設定等反映的對天地人生的思考，也以另一種形式勾勒出作者較少人知的一面，作為黃易書迷，本書不容錯過。

書後的「附錄」部份則有「專訪」兩篇、「黃易小傳」及其生平年表及作品年表，誠為黃易研究的不可或缺的資料。

二零一八年五月二十四日

目錄

第二篇　文明的搖籃

第三篇　生命是甚麼

第四篇　心靈的力量

第五篇　科學與玄學

第六篇　命運與人生

第七篇　文明的終結

輯二 剎那芳華

輯三　雜文

輯四　對談

附錄

【輯一】文明之謎

自然——代序

有人問我，為何要住進大嶼山去。

想了想，一個十多年前的經驗倒流回我的腦海裏，那是午後一個安詳的時刻，我往大嶼山的大澳度週末，放下輕便的行李後，在附近的田野隨意漫步。

最後在溪旁一塊大石上坐了下來。

望進水裏，水清見底，卻看不到甚麼東西，連小魚也沒有一條。

我還不為意，以為溪中情景應屬如是。

但當我坐了一段時間後，奇妙的事發生了。

小魚開始從石隙間游出來，原本石頭般停在溪底的貝類小生物，開始牠們緩慢卻肯定的移動，小蝦小蟹也閃閃縮縮、步步為營地從隱藏處出來露面。

水裏充滿了生機和動態，與先前溪內的情景便像兩個世界。

我猛然醒悟到，水裏的活動，正是因為我的「入侵」而停止，但當我坐下來，變成了牠們那世界的一部份後，牠們接受了我，於是恢復了先前的一切。

於是，我看到了自然「真」的一面。假設我不給自己一點時間，住進自然裏，走馬看花，又焉能感受到自然的真貌。生命也屬如是，假設你不給自己一點時間，像個純真孩童在神秘的事實前坐下來，又怎能以赤子之心去感受生命奇異的存在。

第一篇　失落的文明

阿特蘭提斯

阿特蘭提斯 Atlantis 是文明史上的奇案，據說在人類現在這個文明出現前，曾存在了另一個先進的文明，這文明茁長於一個稱為「大西洲」的龐大陸地上，後來因全球性的大災難，大西洲分裂陸沉，整個文明冰消瓦解。

歷史上第一個指出阿特蘭提斯文明存在的是柏拉圖，在他的兩個語錄（Timaeus 和 Critias），引述一個埃及祭司的說話道：「希臘人對歷史的無知有若兒童，他們的記憶中只有一次大水災。其實是有多次水災，最大的一次將整個阿特蘭提斯毀去。」

在地球史上曾有大災難的發生，已是無可置疑的事，例如每個民族都有大水災的記載，中國的大禹治水、聖經中的諾亞方舟；埃及、希臘、印度無不提到曾淹沒整個大地的洪水，究竟是甚麼力量造成如此驚人的災難？

魏格納在他的《海陸起源》說：「任何人觀察南大西洋的兩對岸，一定會被巴西與非洲間海岸輪廓的相似所吸引。不僅聖羅克角附近巴西海岸的大直角突出和喀麥隆附近非洲海岸線的凹進完全吻合，而且自此以南一帶，巴西海岸的每一個凸出部份都和非洲海岸的每一個同樣形狀的海灣相呼應。反之，又如是。」那即是說，它們原本是一塊，但卻分裂了開來。

第一個提到這文明存在的是柏拉圖，而另一個人就是「睡眠先知」艾加基斯了。

艾加基斯（Edgar Cayce）一八七七年生於美國肯脱基，每當他進入催眠的狀態，便能為人治病和預言將來，甚至知道遠方發生的事情，可是當他回醒時，卻甚麼也記不起來。就是在這種催眠狀態下，他述說了有關阿特蘭提斯的一切：那是個在大西洋裏的大海島，被稱為大西洲，比歐洲還要大。據基斯所言，因為三個不同時期的大災難，整個大西洲被毀去，湮滅無痕，三次災難將整個大西洲分裂成三個島，然後再徹底毀滅，所有這些事發生在公元前一萬年至一萬五千六百年間。

艾加基斯口中描述的阿特蘭提斯是個高度發展的文明，他們擁有「晶石」，可以凝聚和運用陽光。假設這確是事實，那阿特蘭提斯就可能比我們更先進。在今天太陽能的運用還是剛剛起步。

他指出在起始兩個災難發生時，阿特蘭提斯的居民遷徙往歐洲和美洲等地，這使今天很多距離遙遠的民族，在根源上仍有很多酷肖的地方。

急凍毛象之謎

事情要追溯至六十多年前，在西伯利亞北部畢萊蘇伏加河邊發現一具毛象的屍體，象頭伸出了地面，一足舉前，似是蹲着的姿勢。牠的頭部已被狼咬得骨也露出來，但其他部份仍屬完整。更奇怪的是牠口中有尚未嚼完的苔草、青草和金鳳花，脹起的胃部，顯示牠是窒息至死。

問題來了，這隻生長在熱帶地方的毛象，為何會在西伯利亞的凍土層被急凍起來，跟着的發掘，顯示出凍土層裏還有各式各樣的其他動物，例如犀牛、野馬、巨虎、野牛、狼和美洲獅，是甚麼力量把牠們從遠在萬里之外的熱帶地區，突然運至冰天雪地的西伯利亞急凍起來？毛象口中的青草，表示當那驚天災難發生時，牠仍是悠然自得地在綠油油的青草地上吃着草和金鳳花。

在凍土裏的毛象和獸屍，大部份肉質新鮮，俄國一群古生物學家嚐過後，並沒有不良反應，所以顯示這由熱轉凍的過程是剎那間的發生，否則便做不成急凍的效果，肉質也不能如此保存。這奇謎引發了地軸轉變的理論。

天狼星之謎

多貢族是非洲的一個民族，居住於廷巴克圖以南的山區，屬於現在馬里共和國轄下的國土。

一向以來，這民族引起了人類學家很大的興趣，因為他們保留下來的神話故事和傳說，都明顯地與非洲其他民族不同。

例如有關天狼星的傳說。

他們的傳說提到，天狼星有一顆黑暗的、緻密的、肉眼看不見的夥伴，在那裏有世界上最重的物質。於是喚這「黑暗的夥伴」作「波托羅」，「托羅」是星的意思，「波」是一種細小的穀物，意即細小若穀物的星星。

這傳說帶來了震撼性的激盪。

直至一八四四年，天文學家始從天狼星運行的異常軌跡而推測它擁有另一顆看不見的伴星；一八六二年，才有人證實天狼星B的存在。

天狼星B是一顆不會發光的白矮星，直徑與地球差不多，但質量幾乎與太陽一樣，所以密度極高，茶杯般大的天狼星B的物質重量已是十二噸。

問題來了。多貢族人憑甚麼比現代的天文學家早幾千年，又或幾百年知道這粒肉眼看不到的天狼星B？

天外來客？又或是失落的文明？

地軸轉變

是甚麼力量造成中外各國信史上記載那淹沒大地的洪水？是甚麼力量將在熱帶草原吃青草的毛象送到西伯利亞的冰凍土層急凍起來？

於是我們有了地軸改變的假想。

根據離心力的原理，當一個球體隨意轉動時，最外點必是最重和最闊的一點，例如地球轉動時，向外轉最外圍便是赤道，那亦是地球最重最闊大的地方。所以當假設地球另一個部份變成最厚最重的地方，這個平衡將會被打破。不要說這是沒有可能發生的，因為兩極的冰雪正在不斷累積，當有一天兩極的積雪比赤道更厚闊時，整個地球會倒轉過來，兩極來到了現今的赤道，而赤道則到了原本兩極的位置。

這會產生甚麼樣情況？

首先，兩極的冰雪來到了炎熱的赤道，會迅速溶解，造成全球性的大水災，那使諾亞努力建造他的方舟、大禹三年過門不歸家。其次，也只有這種極端的情形下，熱帶的毛象會在剎那間被送到冰天雪地裏急凍起來。

應該發生在甚麼時候？

這成為了一個極有趣的課題。

史前大劫

關於地軸轉變的可能性，很多天文學者和地球物理學家都不以為然，他們認為假若地球的旋轉軸突然移動的話，產生的壓力就可將地球扯成碎塊，移動的可能只是地殼。

但這卻沒法解釋為何毛象會從熱帶送至寒帶驟然急凍起來，也解釋不了在格陵蘭和南極地方一些植物化石。其中有些植物全年天天都需要陽光才能生長，而兩極每年只有六個月有些微陽光，就這一點，在過去某一時間，若不是以前兩極的位置在另一個方位，就是今天的兩極以前是在另一個位置，只有地軸轉變能給予最完滿的解釋。近年來的大陸漂移説雖可解決地殼變動的問題，但那過程太緩慢了，每年只有兩吋，絕不能使毛象刹那間由熱帶被送往北極去。

科學家想了種種合理的解釋，例如地球的「冰冷週期」，「凍土陷阱」諸如此類，但卻殊難令人滿意，那等於對將全球恐龍毀滅的大災難眾見紛紜，莫衷一是，如出一轍。

無論如何，在人類歷史以前，地球出現過大災劫，則是無可置疑的事。

那是否也會發生在不久的將來？

史前災難的時間

假設人類史前時期確實發生了一場驚天動地的大災難，又假設這災難是因為地軸的轉變形成，造成了大禹和諾亞方舟的洪水、阿特蘭提斯文明的陸沉、熱帶的毛象被送到西伯利亞的凍土層急凍起來，那究竟這災難發生在甚麼時間？

這便要回到最先提起「阿特蘭提斯文明」的柏拉圖了，他說災難發生在他之前的九千年間，亦即是距今萬多年前，考古學上的舊石器時代。

這是個很富爭論性的時間，大多數學者都認為「阿特蘭提斯」是子虛烏有的馳想，缺乏任何實際的證據，而事實上也似乎是如此，至今天為止，所有搜尋阿特蘭提斯的行動，就像找尼爾斯湖怪一樣，全告失敗。可是若這文明是因地軸轉變而陸沉，她的湮沒無痕便很有道理。

科學家曾為西伯利亞凍土層的毛象用放射性碳測定年代法測出：其年代大約是一萬年。這是多麼驚人的巧合，與柏拉圖指出的災難年代幾乎吻合無間。

人類有史可尋的年份大約是六千年，或者在這之前的四、五千年間確曾發生過一場引發大洪水的災難，這已記載在每一個民族的信史上，甚至在我們的潛意識裏。

古地圖之謎

十八世紀初，在君士坦丁堡的托普卡比宮，發現了幾張屬於一個名叫雷斯的土耳其奧斯曼帝國海軍艦隊司令的私有地圖，這些地圖並非原版，而是根據更古老的版本複製的，據他在附記中說，在公元前三百多年這些更古老、標明了人類居住的整個世界的地圖便已存在。

這些地圖在令專家驚嘆之餘，於一九五七年被送到美國海軍製圖專家，懷斯敦天文台主任里南漢姆處，經詳盡的分析後，一個石破天驚的報告出來了——這些地圖不但準確，還包括了直到那時為止很少考察和根本尚未發現的地方。

例如南極洲，直至一七三九年才由法國人首次發現了其中的一個島，到一八二一年才發現了南極本洲，古代人根本不知這地方的存在，但在地圖裏卻給準確地勾畫出來。而更驚人的是，南極被厚冰所覆蓋，誰也不知冰內乾坤，但地圖中卻極準確地勾畫出山脈，甚至標出其高度。我們也只是一九五二年才能用地震波探測器找出山脈和其高度，古地圖繪製者憑甚麼能知道？

那是藏於深至四百米的冰層下。
就算在遠古前南極沒有被冰覆蓋，但古人有那種高超的地貌測量術嗎？

澤諾地圖

在君士坦丁堡發現的這批古地圖裏，其中一幅註有「一三八零年」的日期，研究者稱之為「澤諾地圖」。

這幅可能是供航海使用的地圖，繪有挪威、瑞典、丹麥、德國、蘇格蘭等地的準確位置，完全符合現代的經緯度，使研究者瞠目結舌，不明所以，古時落後的航海和測量技術，怎可以將現代科技也視之為艱巨的工作，做得一點不比現在遜色？

這還不是令人最驚異的地方。

地圖裏繪着一些現在並不存在的島嶼，這應該是繪圖時確有這些島嶼的存在，現在已陸沉了，假設真是這樣，地圖的真實年代將大大推前，因為君士坦丁堡發現的地圖只是複製自更古老的版本，真正繪圖的時間仍是未知的因素。

在這些地圖裏，格陵蘭是由兩個島嶼組成的。

一九四九年間，法國的北極探險團，考察了格陵蘭，發覺在厚冰層下，確如古地圖般存在了山脈、河流，但卻承認沒法像古地圖那樣精確和詳盡去把握格陵蘭的地貌。

澤諾地圖外，其他的地圖也各有驚人之舉，當現代人以為自己代表文明的極峰時，這些地圖正是當頭棒喝，告訴我們「人外有人」，又或「天外有天」。

空中繪圖

那批十八世紀初在君士坦丁堡發現的古地圖複製品裏，有兩塊非洲羚羊皮做的羊皮紙地圖殘片，據估計這些殘片應是一幅古地圖的某部份。

此圖沒有經緯線，只有幾個小圓形圖案，向四周發出許多放射性的直線，繪有帆船、象、鹿、人等。

大概是描繪大西洋南北美及部份歐洲大陸。

這並沒有甚麼奇怪，充其量是繪圖精確。但剛好相反，和前文説的高超繪圖技術相比，這地圖有着明顯的缺陷。因為陸地的形狀都是歪斜的，特別是海岸線，這究竟是甚麼道理？

最後一個更驚人的發現跳了出來，這地圖竟與第二次世界大戰時，空軍採用的正距方位法繪出來的軍用地圖近似，因為是從高空俯瞰，所以陸地和海岸線都歪斜了。將這類高空製圖和古地圖比較，幾乎完全吻合。

更有學者將古地圖與衛星拍攝的地球照片相比較，不但發覺如出一轍，連因地球是球體所造成的視距差，都表現了出來。

我們知道十八世紀前是沒有任何飛行的工具，繪圖者憑甚麼到高空上繪圖？是否以前存在了更先進的文明，抑或外星人確曾來訪？

金字塔

金字塔到現在依然是一個謎。

這不僅指它以現代科技仍難以重複的高難度，還指它的作用和建造目的。

有些學者認為建金字塔是一種手段和象徵，就是將散居四方的人聚集起來，共同去做一件工作，而建成的金字塔代表眾人努力的成果，象徵法老王統一大地的權威。

這當然純是一種猜測。

古代是神巫的社會，任何活動都帶有濃烈的宗教色彩，例如中國便有所謂「國之大事，唯祀與戎」的描述，拜祭神祇和戰爭是頭等大事。

最流行的說法金字塔是個超巨型的大墳墓，是裝載法老王的木乃伊和陪葬品的神聖禁地，這或者是後來的發展，因為據記載當阿拉伯人闖進大金字塔時，並沒有找到法老王的遺體。

而且據學者考究，有些法老王竟在同一時間建造三座金字塔，除非他想將自己分成幾截放進不同的金字塔內，否則這樣做並無道理，一個人並不能同時享用三座墳墓，而且建金字塔是如此費時勞力的事。

這使金字塔變成一個非常有趣的課題。一直以來人們都相信金字塔是成千上萬的奴隸在統治者皮鞭之下為埃及的法老王，建造他死後的墳墓，這個說法深入人心，而且看來合情合理，但在六十年代，一位德國的物理學家曼度遜（Kurt Mendelssohn）卻提出了另一種看法。

在勿登（Meidun）有一個形狀奇怪的金字塔，那其實並不可算是個金字塔，看來只是一個在一大堆廢墟般的亂石裏隆起的梯級般建築物，這座建築一向以來都困擾着研究者，因為他們不知那是甚麼。

曼度遜經過了深入的研究後，下了一個結論，就是這乃一個失敗了的金字塔，因為過於陡峭，所以在某一階段倒塌下來，造成了這樣奇怪的景象，在公元前三千年間這建築被中途放棄了。

這個教訓在另一個叫戴舒亞（Dahshur）的金字塔可以看到，因為這金字塔由中段開始，傾斜度明顯減少，自然是防止同樣的塌陷，那也是說法老王放棄了那個失敗的金字塔，轉而建造另一個，配合其他的證據，這兩個金字塔應同是在史勞化（Snofru）王朝建造的。加上另一個已證實是同一王朝的產品，在同一時期內，竟建造三個金字塔，試問一個人怎樣享用三個大墳墓？

在公元八二零年，在馬蒙（Caliph Abdullah al Mamum）率領下，阿拉伯人闖入最著名的大金字塔（The Great Pyramid of Cheops）時，出乎所有人想像，在其中並沒有發現任何法老王的龍體，而當時金字塔的密封形態，顯示還未有任何捷足先登的盜墓者。

他們也沒有發現任何秘密通道或暗室，只有一條向上升的走道，一條向下降的走道，而兩條走道給一個奇怪的井接連起來。

羅馬的歷史學家保格斯（Proclus）認為金字塔是一個古代的天文台。在十九世紀末期，英國天文學家波達（Richard Proctor）更詳述了金字塔作為天文台的奇異方式，他說金字塔頂應是打開的，而那神秘的井被注滿了水，反映着其上的星空。

現代的學者愈來愈相信古埃及人早掌握了地球是圓體的事實，甚至計算出了地球的尺碼大小。那就是說，古埃及天文學比之當時的希臘，先進了近二千年。

金字塔或者就像其他的神秘古建築如英國的大石柱群，是人類探察宇宙的偉大構築。埃及的文明本身便是一個奇謎。

她的文明在公元前五千年至三千年間達到最高峰，其後我們看到的只是她的衰落，直至今天。

以地理而論，埃及只有尼羅河三角洲及兩岸狹小地帶才有肥沃的農田，其他地方都是廣闊的沙漠，這使人很難想像如何還有餘力，養活數以萬計不事生產的勞工，從事勞民傷財的金字塔建造。

何況她還須消耗大量庫存去供養龐大的軍隊，不勞而食養尊處優的僧侶、官員和窮奢極侈的皇朝貴族。

究竟埃及的文明是如何發展起來，她是否上承某一更進步文明的餘蔭，例如人類一直追尋的阿特蘭提斯的文明，仍是至今懸而未決的公案。

金字塔本身的異事亦數之不盡，例如有人發現金字塔擁有使置於其內動物屍體風乾而不腐的能力；又有人發覺將用鈍了的剃刀放在裏面，竟能回復鋒利；亦有人提出金字塔是個立體的預言，其尺寸都暗合某一時間空間的歷史發展，諸如此類，數不勝數。

無論如何，儘管在今天，仍沒有任何人能重造出一座如胡夫大金字塔的建築物來，就算他把握了現今所有技術，擁有所有人手。

大金字塔又稱胡夫金字塔，大約於公元前二六九零年胡夫法老王時完成，是現存金字塔中最壯麗的一座。

金字塔種種神秘姑且不論，只是這金字塔本身的建造已足可使擁有現代科技的我們瞠目結舌。它是由二百三十萬塊巨石天衣無縫地接疊而成，最輕的石塊也有噸半重，最重的竟超過三十噸。

學者們估計，假設有足夠的人手，能每天完成砌十塊巨石的工作量，要砌成像大金字塔現在那樣子，大約需要六百六十四年，所以胡夫法老王若想親眼看到金字塔完成，他最少要動用十萬以至百萬以上的工人，而公元前三千年，全世界的人口僅是二千萬人，所以埃及的人民大部份都要參與這龐大的工程。這使人很難明白埃及人為何要這樣做，和是否有這個條件。當然，假設埃及人擁有我們所不能理解的高超技術，建金字塔只是輕而易舉的事，那所有以上這些問題就可迎刃而解。

大金字塔建成時高一百四十六米，假如是中空的話，可以將整座聖彼德大殿搬進裏面。儘管對金字塔的用途和神秘仍在爭辯不休，有蓄意誇談的，也有蓄意貶低其神秘性的，但金字塔活生生的存在，便如生命的存在一樣，本身已是一個奇謎。

第二篇　文明的搖籃

破碎虛空

宇宙的廣闊無邊，是我們習慣了地球尺碼的人類所無法想像的。

當我們在一個晴朗無雲的晚上，在郊野舉頭仰視夜空時，天空密密麻麻地嵌滿恆河沙數般的星星，似乎所有星兒都熱鬧地擠在一塊兒，而事實上這只是一種錯覺，每粒發出光和熱的星體，它們間的距離，都是令人難以測計的。

假設我們將整個太陽系照比例縮小一億倍，我們的地球只像個西柚般大小，直徑將為四又二分之一吋。在這個地球上，喜馬拉雅山只有千分之三吋，而我們的月亮變成直徑一又二分之一吋的小球。這個小月球將以十二又二分之一呎的距離繞着縮小了的地球轉動。

在這個縮小了一億倍的模型裏，太陽會變成一個直徑四十六呎的球體，離開地球足有一哩之遙。而太陽系最外圍的行星冥王星將在三十七哩的遠距離處。

這個縮小了的模型，使我們對身處的太陽系的遠近大小比例，有一個較清晰的了解，可是當重施故技到最近的另一粒恆星，另一顆類似太陽的天體時，這縮小了一億倍的比例，依然顯得有點有心無力，那將是十六萬哩之外。

這就是星與星之間的距離。

光每秒鐘可繞着地球走七周半，但若以光速往離太陽最近的另一粒恆星去，仍要四年多的時間，人類目前在太空的發展上，奢言征服太空，就像從一粒沙跳到另一粒沙，然後宣佈征服了整個大地。

星體在宇宙浩瀚無邊的空間裏只佔微不足道的位置，虛空才是宇宙的本質，星體不斷起始生滅，虛空卻是恆久不變，假設我們給盲目投進天空裏，我們幾乎千億世也不可能撞上一顆天體。

禪偈曰：「明還日月，暗還虛空。」我們只看到發亮的星體，以為那才是宇宙的代表，其實虛空才是宇宙的真我。

「破碎虛空」，只有當虛空破碎時，我們才能超越宇宙，脫繭而去。

宇宙呼吸

根據目前的科學推論，整個宇宙最終可能會被一個黑洞吞噬，不要以為這是科學的馳想，而是當有了牛頓的天體物理學、愛因斯坦的狹義和廣義相對論後，一個必然的推論，這些年來，科研者一直找不到任何有力地推翻這個結論的證據或理論，相反地他們不斷有新的發現來支持這個前無古人的看法，黑洞是屬於我們這時代的。

這把天文物理學變成科幻小說式泛宇宙的構思，科研者在某一程度上享受着科幻小說家的樂趣。

黑洞的體積是零，但內裏所藏的質量卻是無限的。這就像說一樣東西同時擁有無限小和無限大兩個相反和極端的本質。

黑洞裏藏有另一個宇宙，擁有無限，比佛陀說的芥子納須彌還要玄妙，當我們這宇宙全被一個黑洞吞掉後，到了某一時間，它會將所有物質再吐出來，造成另一個宇宙的大爆炸，將物質送往虛空的遠方近處，形成各類型的星體，誕生出另一個新宇宙，毀滅了的生命再次獲得重生，去經驗另一個宇宙的經驗。

一吞一吐，猶如宇宙的呼吸，只不過一呼一吸間，需要的時間，或者是千億年、是萬億年，那是一個結束的開始，一個開始的結束。

宇宙蛋

物理學家桑恩提出了一個大膽的假設，就是整個宇宙可能只是一個黑洞，一個永無休止將物質吞噬的深淵。

我們已知宇宙星系的總數量大約是一千億個，直徑是一百億光年。假設真正的宇宙質量比我們估計的大二點五倍，這個質量形成的黑洞直徑就是二百五十億光年，正好吻合我們目前所知的宇宙大小。

如果整個宇宙是一個黑洞，宇宙的星體有朝一日將停止向外膨脹，而會被扯回宇宙的核心處，黑洞無可抵抗的吸引力下，所有物質都會塌縮，而黑洞使萬物灰飛湮滅的力場將不斷擴展，直到它到達了宇宙的終端，這宇宙內物質的至遠點。

從這個角度看，我們的「宇宙」並不是無限的。

當物質在黑洞核心裏積壓時，一隻宇宙蛋將逐漸形成，那裏包含了生命和物質的基因，當宇宙無可塌縮時，物極必反，黑洞的力場驀地以億光年計的速度狂縮，宇宙蛋爆炸開來，誕生另一個新的宇宙，一切從頭開始。

若是真的如此，我們便是住在一個大黑洞裏，而黑洞的核心就是黑洞裏的黑洞，人雖住在微塵般的地球上，想像力卻可推展至宇宙的開始和終極。

智慧的宇宙

在一九六九年，柯士打博士在倫敦一個國際科研會上提出了一個了解宇宙的有趣方法，他說整個宇宙就像一個資訊的電腦處理系統。

舉例而言，松子可被視為松樹的一個「程式」。

我們都知道，世上的所有物質都是由「原子」組成，不同的原子組合和結構，衍生出宇宙裏不同的物質。

柯士打博士指出，每個原子就像一張電腦的「程式硬件」，這「原子件」由三項因素控制它的形式和作用，首先是原子核擁有的質子數目，其次是繞着原子核轉動的電子數目，其三是電子所帶的能量。

這些原子就是宇宙的A、B、C，化學物質如鉛、鐵、石是這些「字母」組合成的「字」，而化生出生命的遺傳因子就像一本「書」，去詳述一些例如「大笨象」「獅子」或「人」的東西。

遺傳因子決定了不同的生命形式，我們眼睛頭髮的顏色，身體的高矮肥瘦都由遺傳因子而來，它是生命的種子，也是生命之母。

遺傳因子之所以如此靈通，全因為其中的「脫氧核糖核酸」螺旋形的組合結構，就若一張電腦件，不同的組合，說出一個不同的故事。

整個宇宙也可以用這方式去了解。

究竟是因為我們發明了處理資訊的電腦系統，我們才可以用這個角度去了解宇宙的本質；還是因為宇宙的本質正是這樣，所以我們才自然而然下意識地去模仿，於是產生出整個電腦文明。這就像先有母雞還是先有雞蛋那樣令人難以解決。

當我們看到一個電腦，很自然地想這是誰造的。好了，現在我們看到整個宇宙可能是個超卓千萬倍但仍是一個電腦時，是否應想到，這或是一個有智慧宇宙的傑作？

天外來客

我們的太陽是銀河系裏一千五百億顆恆星裏的其中一顆，而銀河系則是已觀測到超過一千億個星系的其中一個。以銀河系而言，大約有一千億顆行星適宜於生物和人類居住，這還不計其他星系。以或然率來說，若認為這在空間上無邊無際，在時間上無始無終的宇宙，只有地球才有生命的發生，那就像在延綿無盡的肥沃農田上撒下了無數的種子，卻認定只有一粒種子能發芽生長。

對於天外來客曾否或正在訪問地球，時有所聞，可惜異星人也像鬼魂一樣，雖是言之鑿鑿，卻始終疑幻疑真，難以定論。

一八六四年在法國南部一個村落，得到了一塊天上掉下來的隕石，科研者從其中找到了紫菜鹼、腺嘌呤和鳥嘌呤等有機物質，顯示了生命並非孤獨的，她亦正發生在其他的星體上。又一九八三年中國無錫得到一塊大隕冰，直徑五十多厘米，亦藏有「氨基酸」的化合物，那是生命的種子。

這些生命的種子若落到剛才所説銀河系一千億個適合生命的其中一個環境裏，便可萌發成各類型的生命，所以生命絕對可以發生在地球以外的地方。

通過天文望遠鏡，不論看得多遠，我們總能看到差不多同類型的東西，恆星、紅巨星、中子星、星系、星團、星雲，宇宙的結構是穩定而均勻的，在這裏發生的事，在那裏也會發生，所以地球的生命不應是罕有和個別的例外，而是宇宙一個廣泛性的自然現象。

況且這還是由我們的角度去推想，有一些生命的形式可能是我們無法想像的，並不需要我們所認識的生命條件，便能茁壯長大。

攻城

每一個時代，都有那一個時代牢不可破的觀念，就像一座一座的堅固城堡，時代的飛躍，人類的進步，代表着一座一座城堡的失陷。

只是數百年前，人們還認為重量是絕對的，一件重三磅的東西，在哪裏量度，都應該是三磅重，於是來了牛頓，他告訴我們，同一件東西，在高山上量度將會比在低地量度時輕了一點點，重量不是絕對的，由萬有引力所決定。在遠離地球的虛空裏，重量甚至可以不存在。於是，重量的城堡失陷了。

百多年前，人類相信時間是絕對的，一小時是一小時，一分鐘是一分鐘，於是來了愛因斯坦，他說時間只是相對的，速度增高，時間將會慢一點。一個在地球上的鐘，將會走得比在以高速衝刺的火箭上的鐘快一點。速度相差愈遠，分異愈大。時間同時會受力場的影響，黑洞裏的時間將會以另一種速率存在。時間的城堡就此失陷。

當我們回頭往後看時，自然會洋洋自得，看着失陷城堡冒出的濃煙，被風吹個稀薄，不過切莫得意忘形，因為我們只是站在自以為是的另一座新的觀念城堡上，以夏蟲的身份去形容冰的美麗。

終有一日我們的城堡會成為另一堆廢石殘片。

因果

我們很容易認為超乎常理的現象或異事，只屬於宗教、神巫和科幻小說的內容，其實尖端科學理論面對的無不是超乎常理的事，只不過科學家不斷設法在目前的科學知識範疇裏苦尋合理的解釋，實驗的支持，或靜心等待另一個令人更滿意的新理論。

例如經近百年種種天文發現和理論歸納後推論出來的「黑洞」便是玄之又玄的一回事。當星體在某一個體積的限度裏，死亡時將會產生永無休止的塌縮，在虛空中形成了一個沒有體積卻又能吞噬附近其他物質的「深洞」，因為連光線也逃不了，所以是個沒有光的無底深洞。

於是我們很易聯想黑洞後是甚麼？愛因斯坦指出那應是白洞，宇宙的物質被黑洞吞噬後，再從宇宙另一方某一遙處的白洞吐出來，形成物質的再生，貫通黑洞白洞間那超乎常規的通道叫「蟲眼」。

這是個充滿因果關係的科學馳想。

量子物理學家戴維·博姆推測兩粒距離以光年計的粒子，一是以一種超越相對論時空觀的「亞量子水平」來聯繫；一是以一種奇異如黑洞和白洞的因果關係而聯繫。

超自然現象是否亦以如此奇怪的因果關係而存在，是個很有趣的研究課題。

烏托邦

烏托邦是人類憧憬的理想國度，因為她從未在這世上出現過，所以成為追求的夢想裏的其中一個。

中國由孔子開始，便將烏托邦放回堯舜禹的時代，大發思古幽情，老子的「小國寡民，老死不相往來」，亦是反過去追求原始式的社會，表達了對現狀的不滿。

西方的文化是進取式的，一切向前看，所以在蘇聯作家葉菲列莫夫的《仙女座星雲》裏，描述的理想國便發生在遙遠的將來，那時地球已被徹底改造，兩極的嚴寒、酷熱的沙漠成為了歷史陳蹟。人類使用共同言語，大家變成親如朋友的兄弟，生活的內容就是運動、藝術和科研。衣食住行的問題完全不存在於人的意識裏。再沒有國家權力機構，沒有體力勞動，孩子都由社會撫養，人們又可自由投進大自然的懷抱去，從事古代的農業、漁業和畜牧，只要他願意的話。

諷刺的是，所有專注描寫烏托邦的著作，都難免是沉悶乏味的，因為沒有了災難和危機，便缺少了吸引人的衝擊力，在這追求刺激的年代，烏托邦只是賣座毒藥，所以問題不在於烏托邦，而在於我們。

烏托邦的希臘語原意為「哪兒也沒有的地方」。

蠔的啟示

很易理解為何研究海洋生物的機構，大多設立在沿海地帶，甚至假設在海洋研究所裏，聽不到浪濤，窗外看不到海景，我們便會有名不副實的感覺。幸好不是每一個研究都在海邊進行，否則我們會失去了一些彌足珍貴的啟示。

有位名叫布朗的美國海洋生物研究者，他把一批蠔帶到深入內陸，離開海岸千多哩的實驗室，於是他發覺了一個奇怪的現象，就是當千多哩外的海洋漲潮時，他那遠離海岸伊利諾州伊凡士頓實驗室裏所養的蠔，都張了開來，當千哩外的大海退潮時，便闔起來。一張一闔，隨着看不見聽不到的遠方潮流，一張一闔，絲毫不爽。就像蠔兒對家鄉沒齒難忘。

這還不是最奇妙的地方，蠔兒隨着遠方家鄉海洋的高低潮張闔了兩星期後，全體開始以另一種時間和節奏張闔，似乎已渾忘了家鄉海洋的呼喚。

布朗計算了前後的差異，驚訝得合不攏嘴來，原來蠔兒現在張闔的新韻律，恰好是假設實驗室所在地的伊凡士頓是在海邊的話，潮水來到和退離伊凡士頓的時間。

蠔兒的家鄉並不是在遠方，而是無處不在的宇宙。

第三篇　生命是甚麼

目的

生命究竟為了甚麼？

這是困擾着古往今來的每一個人的問題，在一般「正常」的情形下，大多數的我們都能很成功地將這個問題置諸腦後，可是在一些特有的環境裏，例如目睹親友的死亡、突然慘變、甚至一場電影、一本書，都會將這已埋葬在心靈大地最底層的殘骸勾起來，閃過我們清醒的意識裏——生命究竟是為了甚麼？

宗教的發明顯然是為了給這問題提供一個答案，大多數人包括我在內也極願意相信生命神秘的一面，因為那的確比科學提供的「世界真相」有趣得多，但擺在眼前的現實就是無論怎樣偉大的人，孔子、老子、佛陀、張天師、張三丰、高米尼，都一一身死，從沒有人能打破生死的常規，沒有人能夠例外，每個人在生死下就只是個被拉線的傀儡，一點自主的能力也沒有。

而生命本身卻擁有足夠使我們繼續活下去的力量，自盡絕非件容易的事，於是唯有忘記生死，不去想這類「無謂」的事，浸沉在有切膚之痛血肉相連的眼前現實去，就算受到某種刺激偶然想起，但慣性的訓練使我們很快便將那「鬼魂」按回靈柩裏。

生命的目的就是要找尋生命的目的。

進化

曾經有一段時間，科學界堅決否定恐龍的存在。

當二百多年前恐龍的化石被掘出來時，備受尊重的科學大師生物學家們只認為那是自然的傑作，就像獅子山的獅子是亂石碰巧形成獅子的形狀，地球曾經被龐然巨獸橫行一時只屬孩子的馳想。

十九世紀法國生物學家拉瑪克提出進化的理論，便被攻擊得體無完膚，晚年更雙目失明，貧病交迫至死。諸如此類的例子並不罕見，那是科學發展史上的常規，離經叛道的理論往往比權威的理論更具卓越的明見。

達爾文的《物種起源》出版後，進化論蓋過了所有反對的聲音，成為另一種科學權威，生命進化只是一個機械化的過程，物競天擇，適者生存，生命本身是沒有「目的」的。就像一塊像獅子的石頭，是客觀的條件如風、雨、石質的腐蝕等等令到它變成獅子，而不是石頭本身想變成獅子。

人也是這樣，一切都是在某一連串客觀條件下才變成現在這樣子，進化是個機械化的程序，只要一個意外，人便不可能出現。這就如一些科學家所說，你若讓猴子亂擲磚頭，終有一天可以擲出一所房子來，進化就是自然「擲出」人的過程。但「人」可以相信這假設嗎？

生命力

生命力是奇異和無與倫比的力量。

當一個男人疲倦欲死時，音樂、藝術、書本等等一切都不能令他絲毫動心，可是只要有一位動人的美女在他面前解帶寬衣，包他起死回生，重振雄風。

令他振作的是自然而然的力量，澎湃的生命力。

今天我們生活得舒適安定，基本上無憂無慮，可是我們的祖先卻有過非常艱苦的日子，那些歲月連比我們強千百倍的恐龍也受不了，為了生存，人類發展了強烈的性需求，就像其他動物一樣。

只有不斷的交配，才能保證後代的延續，才能保證人類能繼續生存下去。

那是赤裸裸的傾向，和禽獸並無二致。

到了文明出現，這強烈的性需求被禮教壓抑下去，於是我們為這原始的衝動披上了文明的華美外衣，強調精神的同等重要性，產生了「愛情」。

但它的力量卻仍是不減當年。

它困擾着每一個人，有些人條件較佳，這需求得到美好的滿足，造就浪漫的人生；有些人卻因條件較差成了受害者，產生種種社會問題。生命是快樂的泉源，也是苦痛的歸宿。

靈山只在汝心頭

艾理略的詩這樣寫道：「我們將永不停止搜尋，最後的終站，會回歸到其起點處，並首次認識到該『地方』的存在。」

現代科學崛興，使人類第二次站立起來。

第一次是在以萬年前計的某一年月，人類直立起來，使他看得更遠，雙手因再不用負責走路的重責，轉而從事更精巧的作業，締造出整個文明。第二次是從專制的神權下站立起來，找回失去已久的自尊和思想的自由，重新思考自己的存在和價值。

每一次站立起來都令他有全新的視野。

達爾文的進化論更是對「神造萬物」的一個挑戰，今天已成為了思想的主流。

生命只是機緣巧合下偶然而來，物競天擇，生命本身便擁有自強不息，不斷壯大的內涵和動力，人類應對自身的成就感到驕傲。

一位生物學家敍述一次奇妙的遭遇：他看到一朵鮮艷欲滴的花朵，伸手欲觸時，鮮花散去，變成漫天飛舞的小飛蟲，於是他醒悟到這群飛蟲各具不同的顏色，聚到一起時正好偽裝成一朵彩麗的嬌花。

進化論説：每一代的經驗，都會蝕刻在遺傳基因裏，影響着下一代的進化。但卻沒能解釋到每一隻個別的小飛蟲，怎能各自相約進化到恰如其份的色彩，活像有個神秘的總司令部，正下着進化的指令。就如全人類也正依從着某一節奏和速率在進化着。假設是因為有種外力在指引，生命便不是偶然而來。

又或是生命與生命間有着奇異的聯繫。

心理學大師榮格提出了一個奇妙的想法。他説在某一精神層次，人類的潛意識像水點般匯聚成海，這大海位於我們觸想之外，只有在最深的夢裏，我們才能踏足禁地，接觸到那超越時空的玄秘世界。他稱這做集體意識，就是在那裏，形成了人類的每一步伐、每一場戰爭、每一個實驗，那是我們的總司令部。

我們之外是無盡無窮的外太空，但我們心靈裏的內太空亦是無有盡極。我們現在不斷往外搜尋，最終仍會回歸到起始的人類自身，並首次認識到該地方的存在。

不滅的希望

有個故事是這樣的：

從前有位邪惡的魔術師，他養了一群羊，準備宰來吃，可是羊兒都知道他的企圖，很多都找機會逃走了，魔術師勃然大怒，將所有羊兒召到跟前，將牠們催眠後，道：「偉大的羊兒們，你們沒有甚麼需要擔心的，你們是英雄、俠士、帝王、將相、醫生、律師、作家……」由那次催眠開始，羊兒再也不逃走，甘心做他們的英雄俠士，直至被送上屠場。

說這故事的已故玄學大師高捷夫指出，這就是人類處境最精確的寫照。

生命究竟是甚麼？無論我們如何全心全意去構想人類的偉大，但天生出來我們便是井底蛙群，從微塵般的地球伸頭出去探索無窮無盡的宇宙，就像深井裏的蛙兒要從井口去看外面的世界。

無論看得怎麼真切，也只是真理微不足道的小部份，我們得到的是一個扭曲了的事實。

但這井底卻是我們的全世界。

在這井裏，有些青蛙伏在污水裏，沾沾自喜求其豐功偉業，爭名逐利，做其帝王將相、英雄俠士；亦有些縮在一角，困苦無依；更有一些眼光遠大的，望往井外，憧憬着外面遼闊的天地，想着走出去的一天。

而在井底裏，流傳着一些已跳出井外青蛙的故事，他們的名字是老子、耶穌、釋迦牟尼、穆罕默德……

雖然他們並沒有回來，但已帶給了井內群蛙永燃不滅的希望。

生物韻律

生物鐘是新興的科學，雖然有關這方面的研究仍極具爭論性，但它以相當快的速度進入群眾裏，通過遊戲的形式，例如以出生年月日時來計算生物鐘的走勢，何時是週期性衰弱？何時情緒高漲？何時智能達致高點？使人津津樂道。

從經驗裏，我們也知道情緒的大海不是風平浪靜的，就像海水一樣，有起有落，有時我們清楚地知道原因，例如工作上的錯失、別人的冷言冷語，可是有時情緒低落確像毫無先兆的濃霧，一下子填滿了我們的天地，揮之不去，我們歸咎於天氣，種種外在的因素，但會否這因素是來自我們身體之內。

科學家懷疑在人腦底部視上核處，有由神經元的細胞群組成的「生物鐘」，控制着生命的韻律，使我們「享受」到多彩多姿的情緒。

在中醫理論中，自古以來都相信生物韻律的存在，針灸名著《子午流注》裏，便細述人體在不同時間裏，經脈和五臟六腑的關係，假若不能把握這人體韻律，治起病來只是隔靴搔癢。

中國的陰陽五行，其實正是天時定人事的神秘學問，今天的發展，助我們了解過去，此為一例。

彼岸

自幼開始，我都很想知道死後會看到甚麼？遇到甚麼？當然，因為我並不信死亡是絕對的終結，才有這種渴求和慾望。

所以我特別留心醫學上所說的「假死經驗」，亦即是在醫學上證實死亡後，又再活過來的人訴說他們的經驗。

有些人會說他們在一條很長的封閉廊道中奔走，又有人說他們看到了刺目的強光，退回後便醒轉過來。

這似乎是很合理的想像，生命正像一條長廊，長廊外的地方，生命盡頭以外的世界，當是死後的天地。可惜他們還未跨過那個極限，便退了回來，或者只有這樣，才能死而復生。

也有人說他們到了一個有如夢境的世界，見到了死去的至親好友，就如他們根本沒有死去一樣，就像發了一場夢。

這類經驗，並不能帶給我們任何驚喜，因為並沒有超越我們的經驗，不能增添任何幻想，充其量只是一個奇怪的夢。

曾讀過教會學校，接觸到教徒血淚史的書籍，說及被屠殺的教徒，死前看到天使來接領他們到天國去。

無獨有偶，我亦曾從報章讀到死而復生的一位新界老婦的描述，那是十多年前的事了，據她說是有牛頭馬面拿着鎖鏈來擒她。

於是我生出一個疑問，不同的人，會因不同的文化背景，看到不同的死後世界。

由生至死之間，是否有一個過渡的時期，而這時期所發生的事，正是由我們生前的信念形成。那即是說，假設你相信死後有天使，會有天使來迎接；假設你相信的是牛頭馬面，便有牛頭馬面來鎖走你；假設你相信死後會經過一條死亡通道，你將會在那長廊上奔跑。

我有一位繪畫的朋友，在動手術期間，心臟停止了跳動一段短時間。事後他說發了一個奇怪的夢，夢中和死去的母親同去坐船，他母親上船後，他忽然拒絕登船，於是醒轉過來，發現自己躺在醫院床上。

他回來了，只不知彼岸是何光景？

生死之外

人一出生就是截頭截腳的格局，生從何來，死往何去，還未想得清楚，早兩腳一伸，就此了事。

所以釋迦想了一大輪，想通想透，提出超脫生死的法門，在入滅前他訓示徒眾道：「生死之間極可畏也，予等精進勵行，以出生死之外。」

孔老夫子現實了一點，首先顧住眼前的事物，提出從容中道，兩頭不靠，「不知生，焉知死」。索性來個闊佬懶理。

其實大多數宗教，都把理想放在死後的世界，希望在那裏得到最圓滿的解決，可是問題在於那只是一種信念的開墾，缺乏客觀實證的支持，有時連哲學性或理性的滿足，亦不能給予想在其中尋求歸宿的人。

道家便特別一點，他追求的不是死而是生。整個道家的金仙大法，首先是要打通任督二脈，回復在母體內胎兒通過臍帶吸收先天養份的狀態，所謂返本歸元，由後天回復先天，直至結下仙胎，最後白日飛升。

所以無論生或死，所有宗教都將希望放在生前或死後，利用這有限的一生，作為進入永恆的踏腳石，成佛成仙成聖。

生死之間是否真的如此可畏，那又難說得很。或者生命只是一個奇異的遊戲，當然，每個遊戲也有一定的規則，否則不玩也罷，而生命這遊戲最重要的一條黃金定律，就是我們被剝奪了知道「生死之外」的權利，於是我等凡人戰戰兢兢，一是做縮頭烏龜，一是精進勵行，以出其外。

更令人驚怖的是命運存在的可能性，那更令我們的無力感大大增強。希望生命只是一個劇本，而這劇本的編寫人正是我們自己每一個人，戲一上演，生命開鑼，我們全面投入，忘情地飾演早先為自己定下的角色，忠奸賢愚、帝王將相，到死亡來臨，劇終人散，想起以前種種，笑得腰也直不起來，假如那時我們還有腰的話。

「生」或者是一個夢的死去，而「死」卻是另一個夢的醒轉。

一場大夢

存在主義者這樣去比喻生命。

他們說生命就像你在一個完全陌生的國度裏，半夜裏驚醒過來，發覺手腳都遭人綁個結實，茫然不知身在何處，也不知自己是誰，要到哪裏去。

生命確有一種夢幻般的特質，有些時候我們會捫心自問，究竟現在是否在作着夢。

莊子夢到自己變成了蝴蝶，醒來問自己：究竟是我夢到了蝴蝶，還是蝴蝶夢到了我。

莊周曉夢迷蝴蝶，正說明了人生若夢的奇怪感覺。

玄學大師高捷夫道：「每一個人都不知自己在做甚麼，他們只在作其春秋大夢。」

高捷夫說的並非一個比喻，而是他真的認為當人在說話時，他真的並不知自己正在說話。

試試當你說話時，同時清楚地留意着那個正在說話的「自己」，知道自己在說、在聽、在感受。高捷夫說，只有當你意識到那正在行、住、坐、臥的「你」時，你才能從這個「清醒的夢」中醒過來。

佛家叫這做「內明」，佛正是「醒覺」的意思。

否則人生只是大夢一場。

坐井觀天

人一出生，便注定了坐井觀天的命運。

無論賢愚不肖、帝王將相、販夫走卒，無一不是感官的奴隸。

感官是眼、耳、鼻、舌、身、意。

我們的眼，只能分辨彩虹裏的顏色、它們的組合和不同明度，光譜外的顏色只能稱紫外光和紅外光。

我們的耳，只能聽某一波段的聲音，喚狗的哨子便是我們聽覺之外的響音。

舌頭只能嚐甜酸苦辣四種味道，每一種感官，莫不有其天生的限制。

那造成了人類獨有和完全主觀的世界，我們的井。

時間只是單程火車，有去無回。有的只是現在這一點，過去成為回憶，將來茫不可測。

不知從何而來，往何而去，忽然間來到這個生命之井裏。在這井裏，有人埋首井內的污水裏，以為那就是全世界；也有人得意洋洋，傲視井境，以為那是全世界；也有人仰視可望不可及的井外之天，以為那就是全宇宙。

當然，也有人要跳出井外，據說有人曾跳了出去，他們的名字叫釋迦？老子？可惜他們從來沒有跳回來，告訴我們外面的天地是怎麼樣。是否值得嘗試去跳？

糖衣

世界上大多數具有悠久歷史的宗教，它們中心的精粹，都具有玄之又玄的永恆意義，代表了有限的生命，追求無限存在的「困獸之門」。

佛教如是、道家、天主教、回教亦莫不如是。

可是為了適合大眾的需求，一個宗教為了順應大勢，卻無法不披上可口的糖衣。

以佛教為例，釋迦正是個反傳統的改革者，將求之於神的「外求」，收歸於「覺己」的悟求，但發展下去，卻無法不將印度其他宗教如印度教的經誦、符咒、求神作福收入教內，使信者能「直接」從宗教中獲益，佛陀純粹形而上的哲學和精神歷程，變成繁瑣不堪、求神拜佛的儀式。正如天主教的天堂地獄，使習慣了賞與罰的世人得其所哉，信者有利，不信者無利，簡明易行。

就像威爾斯筆下的《隱身人》。當他隱身時，必須全身赤裸，才能發揮隱形的威力。可是別人看不見也不明白，唯有讓隱身人穿上衣服，於是大家恍然大悟，噢！這個就是隱身人，但他們看見的只是衣服，卻以為那就是隱身人，而宗教的精粹，正有隱身人的特性，那玄妙難以看見的特性，可惜大多數人着眼的仍是那身應該不存在的外衣，那可口的糖衣。

輪迴

在人的經驗裏，這世界是由大大小小的循環所組成，日往月來，春夏秋冬、生老病死，來而復始，去而復來，所以生老病死後，再來另一個的生老病死，是最自然不過的想法。

況且生命實在太不公平了，人一出生便有富貴貧賤之別，可是假若輪迴確實存在，一切都扯平了，大家輪流來玩，甚至不用擔心殺生折福，因為每個人也有機會經歷不同形式的生命，為蟲為蟻、作豬作狗，今日你殺我，明天我食你，沒有甚麼可怨的。正如今生被人拋棄出賣，說不定前生自己乃是拋棄出賣別人的一員。

佛家正是以輪迴為基礎，成立了前世今生的一種因果關係，種善因得善果，可是若要追溯回本源處，究竟是何種惡因，造成我們陷身這無邊苦海的惡果，則任何人也說不清楚。

佛陀有位心水清的徒弟曾向他問及有關第一因的問題，佛陀答道：「假設你中了箭，危在旦夕，往見醫生，醫生首要之務，就是醫治你的傷勢，而不是問你為何中箭？誰射的箭？問不清楚便絕不動手救治。」

智慧的佛陀巧妙地迴避了這個問題，使我們直到今天也不知道自己為何中箭墮入生死輪迴之苦？究竟是誰射的箭？也不知智慧如佛陀是否知道答案？

在佛論裏輪迴有不同的形式，而最尊貴的形式是人，只有通過人的生命，才能有望脱離輪迴的苦海，所以人身彌足珍貴，是橫渡孽海的寶筏，生命的最後形式。這是否人類的賣花讚花香，便又是謎樣人生的另一個謎。

輪迴的例子數不勝數，大多是記起了前生某一片段，於是小孩認回比他母親還大的妻子；又或某人在催眠下，述説前生的種種，言之鑿鑿，更添輪迴的真實性。尤其在篤信輪迴的國家如印度，輪迴的實例比任何地方為多，使人懷疑輪迴事件和信念也有種因果的關係。

輪迴或者是對付不公平的靈丹妙藥。

人一出生便不平等，富貴貧賤、聰明愚蠢。

可是假設人類能不停輪迴，經歷各種不同的生命形式，消受可愛或可恨的不同生命，那只是生命輪流轉，再沒有公平或不公平的分別。

只有那樣，才能真正全面地去體會生命。

人類再不用恐懼其存在到墳墓而止。

每一個生命，只是永恆裏的一小段插曲，智慧或愚笨、英雄或懦夫，亦不外不同的經驗，從不同角度去體會生命，本質上沒有任何分別。

每一個人生，只是一個站頭，人的出生像泊碼頭埋站，作客完畢，開船起錨，繼續另一段旅程。

可是生命實在太實在了，我們被困在生與死間的囚籠裏，生死之外的猜想沒有一件能被百分百證實，只能相信，相信有或無。

也只有這樣，眼前的一切才能成為頭等關注的大事，使我們忘情地投入，忘記了過客的身份，成為生命遊戲裏忘記了那只是一個遊戲的參與者。

假設真有輪迴的話。

忤逆

生命是個由無到有，由有到無的奇異過程。生命依賴物質而存在，卻是與物質截然不同的東西，沒有人了解生命的意義，因為人只是生命本身的一部份，生命本身的局限令到它無能作出超然的反省，只能身不由己地隨着生命發展的洪流，衝往時間無盡的深處，閃出剎那的光芒。或者生命的意義只限於此。

生命是違反自然的東西，在宇宙裏並不常見，在太陽系其他孤寂的星體上沒有生命，反倒應是宇宙的常規。

中國神秘的玄學裏，一切都以「逆」為貴，以「順」為劣，生命正是逆自然而來，文明繼承了這種精神，發展到今天將整個人類的文明放在與自然的對立面上。

大自然賦予了生命忤逆她的自由，到頭來身受其害，但後悔並不是大自然的天性，她只有默默忍受着。

忍受着她的逆子將以萬噸計的原油傾注在她的血脈裏，那裏在百萬年前曾一度衍發出生命的種子，使她成為生命的母親。

文明的發展已到了此路不通的階段，牽一髮動全身的經濟、永無休止的污染、政治宗教的鬥爭，誰能獨善其身？

蜉蝣

蜉蝣是奇異的微小生物。

這些纖細的昆蟲藏在湖泊的泥沼裏，經過足足一年的時間去孵化，這時間便像母體內的胎兒，靜候着生命的來臨。

終於在某一個晚上，牠破卵而出。

湖水裏充滿了各式各樣的危險，一不小心，就會葬身魚腹。

生命的力量澎湃着，牠們拚命往水面游上去，抵達湖面，牠們迫不及待地展開翅膀，沖天而起。

在躲過鳥兒的追捕、避過較大昆蟲的獵殺後，牠們全心全意地交配，翌晨力盡而死，隨波逐流。雌蟲死前排出卵子，卵子沉下湖底，開始另一代的生命週期。

千辛萬苦後，牠們只享受了一天的生命。

在人類的眼中，牠們的生命火花只閃耀了微不足道的短暫時刻，此後煙消雲散，了無痕跡。

牠們是否為愛而生，為愛而死？

在宇宙以百萬計的年月裏，人的生命亦是電光石火下剎那間的發生。他們是否也為愛而生，為愛而死？

蜜糖

有位仁兄在荒野裏漫步，忽然間出現了一群飢餓的猛獸，向他追來，這位仁兄大驚失色，拚命逃跑，眼看快被追上，慘死虎狼爪牙之下，前面有個水井，他毫無選擇，縱身跳進井去，豈知井底滿佈竄動的毒蛇，魂飛魄散下，他雙手亂舞亂抓，好傢伙，竟然給他抓着一棵樹，那樹在井壁橫伸出來，恰好在深井的中間。

上面的虎狼咆哮怒吼，下面百蛇竄動昂首吐舌，均對這近在眼前的美食垂涎不已。

這位仁兄鬆了一口氣，目下境況雖進退兩難，但總能苟延殘喘，就在這時，他聽到了一種奇怪的聲音，循聲望去，立時全身冰冷發麻，原來有兩隻大老鼠，正津津有味去咬噬着他所攀扶那樹的根部，他的救命恩人已接近斷折的危險邊緣。

在他汗流浹背時，他看到了眼前的樹黏了一滴蜜糖，於是他忘記了上面的虎狼、下面的毒蛇、快折斷的樹，全心全意地伸出舌頭，去嚐那滴蜜糖的甜美。

哲學家說，那滴蜜糖代表了生命。

就像我們忘記了「生」，忘記了「死」，全心全意去一嚐生命的甜美。

第四篇　心靈的力量

巫術

巫術這個名詞在今天已等同邪惡。

在卡通片裏巫婆是醜惡和可怖的象徵，壞事做盡，好事卻欠奉，在中古時代，被指為女巫或巫師的人會被人用火燒死或被投石擲死，顯示人們對毒咒等超自然力量的畏懼，到了今天，或者用一句說話可以總括世人對它的看法，就是：「巫術是騙人的把戲。」

巫術的力量只是神話故事中幻想出來的情節，在現實世界的陽光下，它只能像冰般溶掉。巫術已不存在於這科學和開明的理性時代裏。

這種對待巫術的態度是不公平的，讓我們靜心坐下來，拋棄成見，將巫術看作是一種自有人類以來便存在的現象。

它或者是人類了解自己的「內太空」和潛藏力量最寶貴的一條鎖匙，帶我們進入這科學時代忽略了的一個寶庫，這寶庫深藏在我們心靈之內。巫術正代表了人類試圖呼喚這寶庫內封閉了的力量。

這不是說每個人都應去作法和念咒。凡與人類有關的都有正反兩面，正如任何工具也可以用之為善，或以之作惡。

正如巫術也分白巫術和黑巫術，那是人的問題，與巫術本身無關。

巫術是一個悠久和廣泛的現象。

它以不同的名字，出現在每一個民族的史冊裏。像中國漢朝的五斗米道、張天師；清代的白蓮教、義和團。可是它們留給我們的印象實在太劣了，只能令我們想起「國之將亡、必有妖孽」八個大字，那亦成了歷史事實，但對張天師或義和團是否確擁有某一種奇異的力量，卻沒有人深究，後人記得的只是義和團在洋槍下不堪一擊，瓦解煙消。

今天中國的巫術仍以茅山神術、六壬神打等種種形式存在於社會的陰暗層裏，其中當然不乏招搖撞騙之徒，可是只要你抓着任何一個修習神術的人，他都會言之鑿鑿告訴你那是千真萬確的事。

近數十年來在西方興起的「超心理學」，使學者們對種種超自然的現象加以探討和研究，那持着理性和客觀態度的專家目睹和收集了大量令人驚異的資料，被蒙上洗不脱惡名的巫術正被默默翻案，一場革命在大多數人知感之外靜靜地進行着。

人類對不明白的事物總有一種排斥的傾向，尤其巫術只像是一小撮人的專利，尤使人深惡痛絕，可是只要認識到那類力量藏在每一個人身上時，一個新的時代將會誕生。

巫術究竟怎麼樣開始的？

一八六八年法國地質學家在法國多爾多涅省埃西德塔雅克附近的克羅馬農進行了發掘，發現了最完整的史前人類文明，這些史前人類便被名之為克羅馬農人。

從遺址的狀況推斷，克羅馬農人是很成功的獵人，獵取馴鹿、野牛、野馬甚至猛獁象。而最使人驚異的是他們留下來的大量藝術品，小件的雕刻品、浮雕以及各種動物雕像。接着在法國和西班牙的一些洞穴裏，更陸續發現了克羅馬農人的其他遺蹟，和許多精美的動物壁畫。

對一些現代人來說，克羅馬農人的壁畫，可能顯示了一萬五千年至三萬年前的古人類，已經有追求美的天性，可是考古學家卻指出古人類在物競天擇、適者生存、充滿危險的原始世界裏，是沒有餘暇和心情去從事奢侈的藝術活動，每一件事都為了生存而去做。

克羅馬農人將要狩獵的動物畫在壁上，就像巫師將施術對象製成布公仔。古人類通過遺失了的儀式，將精神力量集中到要狩獵的對象上，進行召喚和控制，以達到手到拿來的理想。

廣義的巫術就是要以精神駕馭物質和其他生物，當這種力量轉向其他人時，便變成可怕的黑巫術。

克羅馬農人這種原始巫術，在很多現代人眼中，只是不值一哂的無知迷信。他們會說假設這真對克羅馬農人有幫助，那只是自我催眠下信心增強，以致成功的可能增加吧，與甚麼超自然力量，實在沒有半點兒關係。

在作出這樣的結論前，讓我們先看看萊因博士 Dr. J. B. Rhine 在杜克大學的著名實驗。萊因在八年的時間內，進行了十八個有關連的一系列實驗，看人類是否有能力影響骰子落下的點數。結果在一九四三年發表，成為研究人類以精神力量駕馭物質的劃時代實驗。

實驗的結果發人深省，就是當參加試驗的人，第一次去影響落下骰子的點數時，成功率遠比機會率為高。那也就是說，精神力量的確可以影響骰子的落下。而第二次進行試驗時，成功率大大下降，此後每況愈下。那是說當人的興趣減少，精神散漫時，精神力量便不能凝聚。

這也是巫術的精義，藉着對某種神力的信賴，通過使人進入歇斯底里的儀式過程，人的精神力量被凝聚起來，就像放大鏡集中了陽光，燃着了火柴。

巫術非只是盲目迷信，它是人想變為神的試步。

得失

當古人類將要狩獵的對象繪到洞壁上，舉行巫術式的禮儀，然後提起原始武器，踏出洞穴外的世界，為維持生命的食糧而奮鬥時，他們的目標清楚明確，沒有絲毫猶豫和考慮的餘地。當他們面對猛獸時，那是個生與死的問題，他們的警覺提高至所能達到的極限，若能倖存回家，甚至揹着豐美的獵物，那種成功帶來的滿足快樂是統一的。他們會為成功歡欣鼓舞，通宵慶祝，無論肉體或精神都是滿足的。

生存本身已是最大的挑戰。

當他們學曉了畜牧和農業，生命的危險性降低了不少，於是他們有餘暇去思想，文明逐漸出現，每向前邁進一步，生存便愈是容易，成功已再不是如此單純，人也很難得到從前的滿足。

整個文明和科學的進展，使挑戰愈來愈少，一般人可以在某一職位上安安穩穩地工作一生，他們面對的只是千篇一律的刻板程序，他們的靈覺和意志，因再不須像古人類面對切身的危險而變成麻木消沉，也享受不到成功帶來的滿足感；於是唯有賭博、運動、看電影、旅行……希望能藉着這些文明的產品，得到刺激和滿足。甚至有人發動對同類的鬥爭，以人作為狩獵的目標。

儀式

在人類的社會裏，事無大小，都有各式各樣的儀式，由擺滿月酒席、婚宴、小學畢業典禮，至乎一國之君的就職禮，儀式都是不可或缺的。

不過大多數儀式都是虛有其表，我們只當那是一種隨俗的手續，但在巫術裏，那卻是至關重要的一項程序，同時亦向我們啟示了儀式的真義。

巫術儀式最基本的作用是使我們跳出現實牢不可破的枷鎖囚籠，通過極端的氣氛，進入某一種超常的狀態，以能和「某一種遠比我們強大的力量」結合，做出種種異行。

我們對於巫術的憎厭，很多時是基於宗教排斥而產生的情緒，每一個宗教都不可避免地有排他性，指其他教派是邪教，假若有力量的話，力量就來自邪魔，可是其實遠在六萬年前，巫術便已存在克羅馬農人間，那是新石器時代的原始科學，作用是醫人治病、信念寄託和狩獵求生，就像現代科學的正面貢獻。

問題只是通過巫術召喚來的那種「力量」，究竟是來自我們潛意識的深處，抑或確有一種獨立於人類之外的力量存在。

超人

有人或者會說，無論巫術如何顯示人類潛在的力量，其實都有限得很，因為基本上人類還是以雙手和實際的人為努力，締造了雄霸大地的文明，巫術的力量在科學前冰消瓦解，是科學將我帶到今天的成就裏，而不是巫術。

巫術只是屬於原始人的。

有這個想法的人，是否也曾想到：正是科學的高度發展，使我們重新去認識自己，去認識自己潛藏的一切，以另一種理性的角度去看待巫術。

科學使我們無限地擴闊視野，擁有高度的物質享受，可是人類本身生、老、病、死的問題卻從未曾解決過，生命的意義在哪裏？文明愈發展，人愈像個行屍走肉的思想機器，而諷刺的是反而很多問題都不敢去想，因為想之無益，空費精神，而物質卻是如許地實在，只有賺錢才能得到最實際的回報。

我們已來到了文明發展的十字街頭，到了自省其身的階段，盲目追求物質文明最終只能帶來生態的毀滅和大戰的災禍。從已存在的大量事實裏，人是應擁有遠超於目前表現出來的能力的，或者那仍是支離破碎，但我們卻不應因為某人只從大海提了一桶水回來，而認定大海只有一桶水那麼多。

黑巫術

在原始社會裏，巫司是族人的慈父、導師和精神領袖，也是族中最具見識的人，那時巫術的作用完全是正面的，這種模式的社會仍殘存在非洲、南美洲、東南亞等一些文明還未伸延到的地方。

在那些古老的日子裏，巫術使人類與自然合而為一，渾融一體。當巫師在將黑夜照得發紅的火耀閃爍中，隨着鼓聲跳着祭祀的舞步時，圍繞着他拍手舞動的族人，在熱切和專一的信念融合下，整個團體脫離了現實的囚籠，提升到一種深入的宗教經驗裏，「看」到平日看不到的東西，踏過平日碰也不敢碰的灼熱火炭，和亡靈接觸，那是他們生活不可或缺的一部份。正如現代人，想想沒有了你現在擁有珍貴的科學世界觀，是多麼令人不寒而慄的一回事。

隨着人類文明的興起，尤其是城市的形成，人與自然日漸分離，一種新的精神亦出現，物競天擇、適者生存的情形，在城市裏比任何一個地方更激烈，人類開始發展他的野心和侵略性，只有騎到別人頭上，自己才可以出頭。在這種情形下，巫術變成個人爭鬥的恐怖工具，成為人所懼怕的黑巫術，巫術至此亦為大多數人唾棄。

它卻不會消失，從一開始它就是我們血肉的一部份。

不立文字

禪宗是拈花微笑式的以心傳心，不立文字，在某一程度上，又或在潛意識的層次裏，我們總隱隱覺得有一定的道理，語言似乎令我們失去了某一種難言的精粹，於是有「沉默是金」、「此時無聲勝有聲」等境界。精神的世界就像一泓清潭，語言和利用語言去進行的思想，就像投往潭裏的雜污，使水由清變濁。

語言中心完全局限在左腦，左腦受損，休想說出一個字來。

問題來了，我們大多數時間都在說話，口中不說、心中也說，所以絕大部份時間，我們只是運用左腦，而沉默的右腦卻在暗處冷冷看着，那是否便是我們潛意識的世界？

或者可以說整個文明都是左腦的文明，那是由文字和語言孕育出來的成果，在以萬計的年月前，人類祖先作出了這樣的抉擇。

右腦的功用神秘莫測，已知的會是與空間感、關係感等較語言更抽象的感覺有關，當藝術家進入忘我的創作，舞蹈家忘情地舞動時，便由左邊的中心移往右邊的中心。

禪坐首要之務是凝心淨慮，不想而想，那是否也是將控制權由左腦交往了右腦，夢裏的奇異世界，是否也是貫通了左右的通道，使分離的重為一體，這都是趣味盎然的問題。

文字語言之外，實在別有洞天。

大話西遊

《西遊記》是部奇異的書，充滿寓意，轉一個角度去看，便可得出不同的東西。例如征西團的組合。

孫悟空和龍馬合起上來是心猿意馬。孫悟空精靈活潑，千億根毫毛變化無窮，一個筋斗十萬八千里，正代表人類變化萬千的想像力，無遠弗達，這刻還在這裏，下一刻已神遊世外，難察其蹤。

他的獨門兵器，原為定海神針的鐵棍，更是可堪玩味，可大可小，可長可短，和人類男性的性器官異曲同工。在道家修練上，腹以下處稱為海底，所謂歸根復命之處，定海神針，不言可知是甚麼。

孫悟空和龍馬代表了道家修練中的「識神」，而唐三藏代表了「元神」。這有些類似現代心理學的「清醒意識」和「潛意識」的分別。我們平時營營役役，為了生存而殫思竭智的一思一慮，都是識神所為。但元神卻像靈魂一樣，靜靜地潛伏在心靈的至深處，我等凡人休想觸摸得着。只有當識神被制服時，沒有了意馬心猿，我們才能進入元神的奇異天地，感受到佛道高人所述說的禪定境界。

我們的神經有若一池深不見底的潭水，每一個念頭，都能激起陣陣漣漪，只有排除萬念後，潭水才能回復清澈，反映出存在的真理。只有當識神退避，元神才能出而主事。

識神元神，兩者缺一不可，因為說到要應付這世界，還需要孫悟空去化緣、打妖怪，和龍馬用不完的腳力，唐三藏只是坐享其成吧，不過最後的成敗卻是大家的。識神元神本就二而為一。

孫悟空和龍馬的心猿意馬代表道家所說的「識神」、唐三藏代表渾渾噩噩、至純至淨的「元神」，現在便只剩下從來沒有停止犯錯，不斷顯示人類劣根性的豬八戒；和任勞任怨，所有擔擔抬抬都落到他身上的沙僧「悟淨」。

道家修練之法，又被稱為「性命相修」，所謂性藏於目，屬陽火；命藏於腎，屬陰火，水火相交才生大藥，有藥才可下手採取。

未涉獵過道家的朋友，看到這樣的描述，自然覺得抽象難明，不知所云，其實換句話說，性就是人性，是我們的精神；命就是我們的性能力。只有通過精神鍛煉，才能以種種玄妙的方法，將性的能量轉化為精神的力量，謂之煉精化氣，煉氣化神，煉神還虛。

豬八戒代表的正是性，故而此君好食懶做，在在表現出人性的弱點，而沙僧代表的則是命，性的能力。

性屬火，命屬水。所以沙僧居住於流沙河底，而收復沙僧，則必須仰仗豬八戒的力量，以性制命。

不修其性，如何可不為性慾所役。

所以猴王叫悟空，因為在佛道而言，識神所見所感，無一不空；沙僧悟淨，因為性能力本屬至淨至潔之物，所謂「順出生人，逆回成仙」。

征西團往西天取經，西屬金，正暗合道家金丹大法之義。沿途險阻重重，喻示了道家煉丹之險阻，例如唐僧喝了子母河的水，腹大便便，這亦是道家氣盛腹脹之患，解法是往正南某處幹某某事，南屬火，正南是「午」，午為頭，故守頭部「泥丸宮」，其氣自化，暗喻之妙，令人嘆為觀止。

《西遊記》是外佛內道的奇書，給我們看到了人性的複雜，所以說若能戰勝自己，便可以戰勝世界，取得藏在大雷音寺內的寶經。

心靈力量

一直以來，心靈學家都希望能在今天的科學裏找到一種足以去支持超自然現象的理論；正如科學界裏的死硬派或基於政治信仰立場的人亦想找到否定它的法門，而兩者都像一群在爭論光是甚麼顏色的盲子。

經典物理學承認的四種基本力量是「重力、電磁力、弱相互作用力與強相互作用力」。這四種力量都會隨着距離的增大而衰減。例如第一種重力，亦即是萬有引力，以地球為例，離開地球愈遠，吸力愈減低，所以這四種力都有這種被距離規限的力場現象。而心靈力量那漠視時空的特質，應該是完全超越這四種力量的。

有人提出心靈力量是藉超低頻的電磁波、超光速粒子、引力子等而存在，則完全是一種沒有根據的馳想，尤其是超光速粒子還沒有任何方法可以證實其存在。

還是愛因斯坦提出了最大膽的推論，他說信息可以從一個粒子於瞬時間超越廣闊的空間，傳輸往相距十光年之遙的另一個粒子。

這個完全不可想像的事，竟被現時領一代理論風騷的「量子力學」支持和同意。那是說當一個粒子被測量時，另一粒遙遠的粒子就會「知道」測量的結果。

神遊

神遊是人類的一個亙久長存的夢想。

肉身雖有局限，但精神卻像西遊記中的孫悟空，一個觔斗十萬八千里，無遠弗屆，況且從身具異能的人士、致力潛修的禪道高人，甚或普通人在某些特殊的情形下，我們都能找到神遊的一些蛛絲馬跡，使我們燃起希望之火。

人類的進化，使我們失去了一些原始的技能，也得回了一些原始人沒有的東西，例如比較不倚賴體力的現代人腦袋，要比原始人大了和重了，特別是隆起的前額，便使現代人更能計劃和掌握將來，所以說不定人類進化到某一階段，一向若現若隱的神遊力量，或會變成走路呼吸那麼普遍。那時只要集中精神，剎那間便能到達某一遙遠的處所，清楚地看到那處的一切。

神遊或者是唯一能使人類往來遼闊空間的方法和形式，據愛因斯坦的推論，這宇宙內物質所能達到的最高速度就是光速，假若這是真，我們將走不了多遠，星系和星系的距離是千萬光年計的距離。何況光速只是夢想裏的癡想。物質變成光時亦代表了物質的毀滅。

但神遊卻是非物質的精神旅行。它或許是完成人類遨遊宇宙的夢想的唯一方法。

在美國科幻小說家阿爾弗雷德．貝斯特爾的作品《星辰我之目的地》（*The Stars My Destination*）裏，對神遊有深入的描述。

書中所說的神遊在開始時是有界限的，不能超越地球的表面，試圖往宇宙無限深處闖去的人都消失得無影無蹤。不過這樣已破壞了所有已存在的社會規律，舊世界徹底崩潰，產生無政府狀態，就像一個不懂事的頑童，拿着威力龐大的武器，造成的只有破壞。

書的結尾是主人翁在一隻宇宙飄浮的救生艇上成功地進行了破天荒第一次的宇宙神遊。最後看到了創造宇宙的情景，遊歷在地球上看上去只是一點點星光的獵户、天琴、織女、金牛、蠍子星座，完成了「星辰我之目的地」的夢想。

這數百年來科學的長足發展，諷刺的是使我們更清楚自己在宇宙的卑微位置，最先進的國家竭盡財力，才能勉強送幾架穿梭機離開地球少許，作了那無足道的短距離旅程，還要求神拜佛希望沒有出錯，征服星空只是科幻書內的情節，人對於廣闊的宇宙是否真是那樣無能為力？

現代文明將注意力全放到外太空去，但心靈內無窮盡的內太空，或者才是答案的所在地。

富屋貧人

很多科學家都相信，普通人盡一生的時間，只能將本身的潛力發揮百分之一二。餘下的那百分之九十幾，便白白錯失了。

一件看來很難的事，例如打鼓，手、腳、耳配合，乍看起來似乎是全沒有可能做到，不過只要我們集中精神，通過長時間的練習，那看來是高不可攀的難事，將變成像呼吸那麼容易和自然，甚至變成了樂趣，整個人類文明便是這個過程下的產物。

潛藏的力量是無盡無窮，用之不竭，只要我們集中精神，它便自然流露，做出各類難以置信的事，像一位印度的苦行僧，數十年拒絕坐下來；又像某位因別人偷了他衣服，十多年來拒絕離開湖水的部落酋長。人類真正的能力是大大超過他對自己的估計，所以一個高齡的老太婆，危急時能掀起整架汽車，救出壓於其下的孫子。火災時有人捧着數百磅的夾萬走上幾條街。

我們或者是一個擁有最美麗豪華城堡的大富翁，泳池、影院、桑拿室、桌球室無不全備，可是我們卻將自己關在城堡下那陰暗污穢的地室裏，怨懟環境為何如此惡劣不堪，忘記了地牢上的美麗城堡，和城堡外那無限美妙的天地。

子虛烏有

有一組心理學家，做了一個招靈的實驗。

實驗是這樣的，他們虛擬了一個人。這個人活在過往某一時代裏，但他的姓名、出身、生活、生卒期完全是這組心理學家創造出來，事實上他是絕不存在的，是個子虛烏有的人物。

於是他們開始向這個人招靈，招一個從不曾存在過的人的靈魂，經過了幾晚的失敗後，終於某晚上一個自稱是這虛擬的人的鬼魂開始和他們交談，告訴他們「他們為他虛擬生命」的一切。這還不夠奇怪，當說到關於「他」生活的時代時，「他」竟能糾正對那時代不大了解的心理學家們歷史上的誤差，到最後所有人都給弄得糊塗了，開始懷疑這子虛烏有的人物的存在。

這使我想起中國神打中的請神，例如大聖爺上身，做出種種奇行怪事，模仿孫悟空的猴子動作，可是齊天大聖只是子虛烏有的小說角色，事實上並不存在於這世界上，怎能請他

「上身」？這便像先前那個招靈實驗，一切一切只是我們人類自己神秘莫測的心靈在作怪，大聖爺本身並沒有獨立的力量，他的力量只是相信他存在的人賦予給牠。

現實比任何科幻小說更離奇怪誕。

綿羊效應

早一陣子香港颳過氣功的熱風，不同意見的人為了驗與不驗的問題起了針鋒相對的爭論。

其實這也是大多數超自然現象的例牌情形，例如以意念力使鐵器彎曲。國際著名的心靈家尤域．支拉（Uri Geller）坦言他那令人驚異的心靈力量，便像一條接收得不好的天線，有時畫面模糊，甚或接收不到，可是有時卻清晰無比。

很多靈學家一直以來都相信有「綿羊——山羊效應」。那就是說不論是表演者還是受試者，要得到正面的反應，綿羊（信仰者）總要比山羊（懷疑者）好上很多。

綿羊是那希望某一心靈力量示範成功的人，而山羊卻是希望測試失敗的人。這即是說旁觀者的信念影響着事情的成敗。

這或者是解釋為何時驗時不驗的一個可能原因。

當整條村整個部落的人圍着巫師狂歌激舞時，他們純一的意念加起來變成一個心靈的力場，再以巫師為焦點表現出來；又如一個六壬神壇裏所有信徒攜心合作，幹出種種異事。印度是最多輪迴記錄的地方，因為在那裏，輪迴是每一個人都深信不疑的一回事。

第五篇　科學與玄學

分久必合

在古科學裏，起始時玄學和科學渾然天成，從來沒有人想到它們可以是兩件事。「理性的時代」興起，玄學和科學才成為了壁壘分明的兩大陣營，似乎不把玄學排斥，便夠不上科學。

於是占星學再不准在大學裏教授，因為科學家並不明白那是甚麼，盲目去相信自己不明白的東西，不是迷信是甚麼？

人類對超乎常理的事，是既驚且懼的，因為那代表了不明白的事物，儘管宇宙和生命本身正是超乎常理的東西，甚麼是開始？甚麼是結尾？人類的自信只能建立在盲目的自信上，一遇到難以解釋的事，便縮回令他盲目但自信的龜殼裏，並反覆向自己保證：那只是一些還未解開的疑團，終有一日在科學的偉大明燈下，一切會水落石出。諷刺的是隨着科學的發展，科學亦愈來愈玄，量子力學和黑洞更是鐵證如山。當然，他們會說這是通過大量客觀的資料，理性地推測出來的一種結論，但其實我們也可以用同一種態度看待玄學，看看那是否可隨意拋棄的廢物殘餘。

玄學科學，合久必分，分久必合。

全知

有一篇很有趣的文章，作者是已故的喬治．阿貝爾博士，是美國著名的天文學家。

這篇文章是批評西方星學的，文中列舉了星學不可信的地方，例如天空中實在的十二星座，與星學的十二星座因歲差的關係而無關，黃道帶已向西滑過了約三十度，今日星學的雙魚宮實在是天上的水瓶座。

其次星座並不是真的在空間裏聚成一團的星體，它們是彼此相距極遠的「太陽」，距離地球亦遠近不同，只是在地球望上夜空時，它們看來像一組有意義的圖形吧。

跟着他列舉了星學不可靠的種種地方。

他說的話不無「道理」，問題是「道理」的可靠性，科學研究的工具是「理性」，故此拒絕任何超乎「常理」的東西，不過，這是可以原諒的。

令我感到反感的卻是他那「全知」的語調和態度，他說「把黃道分成十二個宮，這純粹是古巴比倫人的一項隨意發明……」兩句說話便將古哲的天文學變成小兒的遊戲，這便等於說「《易經》的六十四卦是古人無聊時砌出來的玩意」。又如他說「星座也和黃道諸宮一樣，是任意選擇的結果」。正是這種「全知」的態度，使科學變成像用一個顯微鏡去看一幅畫，怎能看到畫的是甚麼。

天地人

天、地、人是東西玄學不謀而合的基本架構，所有術數無不從這架構衍生出來。

像中國的子平八字，八個字上四個是天干，象天；下四個是地支，象地。而「人」則藏身地支之內，稱作「支藏人元」。

這正反映着真實的情況，天在上、地在下，人則依附大地而生存。更奇妙的是十二地支裏藏的人元剛好是二十八之數，象徵着天上的二十八宿，體現了中國人深信人是天星下凡的哲學和憧憬。

像中國《易經》的六十四卦，每卦六爻；上兩爻象天、中兩爻象人、下兩爻象地。所以周易第一卦乾為天最下一爻是「潛龍勿用」，因為那時還在地底。由下數上第二爻是「見龍在田」，那是地面。第三爻「君子終日乾乾」，已到了人的世界、第四爻「或躍在淵」，開始人的奮鬥；第五爻「飛龍在天」，乃因剛抵天界，而最頂一爻「亢龍有悔」則是飛得太高了，高處不勝寒，豈能無悔。

中國的「王」字，上一畫象天、中一畫象人、下一畫象地，中間垂直一棟正是天地人三才，一以貫之，只有這樣，才能稱王。

掌紋

根據「物競天擇，適者生存」的原理，任何沒有用的東西，都會被淘汰，所以經歷了千萬年的進化後，我們身體每一樣東西，每個細胞，每個毛孔，每條汗毛，都各自負有任務，當他們好食懶做，遊手好閒的時候，便是他們主人當災的時候了。

卻從沒有人說得上掌紋究竟有甚麼作用。

它們的成因，也沒有人弄得清楚，是否因為我們的手經常抓東西，所以形成種種摺痕，慢慢變成了紋，若是這樣，掌紋就不應有如此精緻多變的紋樣，而且明顯地有精粗深淺疏密之別。

而人的手紋為何又比猩猩猴子精細得多？

手紋學或者正告訴我們，腦袋雖看不見，但通過掌紋，我們卻可透視陰沉不可測的靈魂深處，那是名副其實的心靈之窗。

掌紋是會變化的，代表着人的心性才情也在變化着。

前一輪在報上看到經學者研究後，發覺生命線的長短確和人的生命長短有關，若此屬實，那掌紋不單止是心靈的透視鏡，還是命運的一個程式顯示板。

只要你留心一下，生命確是非常奇怪的，攤開手掌看看吧。

莫不有數

數目字在玄學上各有其獨特的意義，姑勿論對錯，本身自成其頗具哲理性的一個體系。

在西方玄學中，「一」代表天地初開，所以有強烈的使命感，充滿生機。但很易流於一成不變的固執，過於追求成功以致充滿侵略性。

若果「一」是男性，「二」就代表女性。二比較平衡與溫和，滿足安寧。是跟從者而不是開創者。

「三」是光明和生意盎然，比「二」更為多樣化，是個幸運的數。

「四」代表守成不變、實際無華，精於平平無奇的工作。「五」位於一至九的正中，故兩邊搖擺不定，愛冒險、自大。「六」代表和諧，內向和平靜、仁慈而忠心。「七」代表玄學、哲學和超越俗世的追求。「八」是成功的象徵，代表物慾、權力、金錢。「九」是浪漫和精神的代號，含有宗教的意義。假如「一」是始，「九」就是終，自然涉及超越現世的事。

單數整體來說是比雙數強和有力，因為雙數遇上單數、加在一起時，一定會變為單數，所以被視為是單數的勝利。這套數目字的系統，被運用到姓名筆畫學上，便成了一個非常有趣的「迷信」式玩意兒。

妙若天成

無論東方或西方的玄學體系，都有一種純出乎天然的鬼斧神功，令人嘆為觀止，像西方的占星學，中國的命理，它們本身自具有圓滿而合乎情理的架構。

十二星座是占星學一個基本指標，顯示了當人出生時太陽所在的宮位，例如三月十五日出生的人，太陽飛臨雙魚座的三十度內，所以屬雙魚座。

十二星座的性格之別清楚分明，隨着它們的位置、主星、屬性而推衍，一點勉強的成份也沒有。

例如十二星座以白羊座為起首，所以白羊充盈着開創潮流的熱情，朝氣勃勃，一往無前，他們的衝勁在十二星座裏不作第二人想，正是開拓者的本色，因為十二星座由他始。

十二星座的結尾是雙魚座，它是十二星座的歸結，包含了其他星座的性格，因此最能了解其他的星座，所以他最大的優點是「明白」。白羊代表出生，雙魚代表死亡，當白羊熱烈投進生命裏，雙魚卻憧憬着超越現世的天地。白羊和雙魚的愛情結合完美無瑕，因為當一頭一尾接上時，剛好結成了天上的大圓環。

這一切不是妙若天成嗎？

雙魚

雙魚座的象徵是兩尾向着不同方向的魚兒，那代表了力爭上游的努力，和隨波而去的自暴自棄。

一念向上，一念向下；一念為善，一念為惡。

那或者是每一個人的寫照。

當大兵為傷亡的同僚悲泣，將囊裏的巧克力拿出來分給跟在身後的小孩時，他是個「人」。

可是他血紅雙目，向手無寸鐵的人開火，以暴力去虐殺、強姦，他只是一隻「禽獸」。

人或禽獸、聖人或魔鬼，棲息在同一的身體裏。

這種同時具有兩個極端的危險傾向，存在於我們每一個人的身體內，雖然假裝為萬物之靈，可是從歷史上可以看到，那隻禽獸是在待時而動的，只要一旦失去了約束力，弱肉便要遭遇到強食。

道德倫理、哲學文藝、宗教社會，這一切代表了人類力爭上游的努力，使我們看來文明一點，可是那人類的大敵，那隨波往下而去的放棄，無時無刻不在扯我們後腿，他們會用種種理由，或不需要任何理由，去滿足體內那才闊別了數萬年的人猿禽獸。

人類何時才能認識到，他的幸福與和平，只能在上游的某處可以得到。

時代的神話

二十世紀科學的長足發展，的確把人類帶進了一個安全舒適的樂園，尤其在先進的國家裏，每日張開報紙，日新月異的產品都能引起一點驚喜。

我們幸福地生活在高度的物質文明裏。

這當然要拜科學所賜。可是亦正是科學把我們帶進一個沉悶得令人窒息的天地去，那是一個沒有神話的世界。

科學嘲笑古人迷信無知，缺乏理性和懷疑的精神，可是對於生命的體會，筆者不才，卻從沒有聽過甚麼人說得比老子更玄妙，比莊子更透徹，因為對於生命的本質，何謂始何謂終，究竟是母雞先還是雞蛋先，我們進化了五十萬年的腦袋，還是拒絕作答。

今日的科技分工精細，很多學者專家，窮一生之力，只鑽研某一範圍窄小的項目，就像只研究建立整座大廈千百萬塊磚頭的其中一塊。他們相信只要逐塊逐塊去研究，終有一天這座宇宙之謎的大廈會不攻自破。說實在的，那就像拿着一把尺，去量度宇宙的大小那樣不自量力。

但是他們仍高舉科學的旗幟，排斥一切他們認為非理性的東西，所有超自然的力量和靈覺，對他們來說，都是無知的產品。最後的結果是我們的世界變成一個了無生趣的物質天地。可是對於生命本質的了解，生命是甚麼，卻苦無寸進。他們有否想到，僅是眼前的宇宙，已是奇異無匹的大怪事。

科學和玄學之爭，在於前者認為一切都出於意外和或然率；而後者則認為沒有偶然這回事，任何事物都有其背後的意義和目的。科學認為生命偶然而來，死後灰飛煙滅，了無痕跡；玄學卻認為生命背負着神聖的使命，生命只是一個短暫的旅程，永恆裏的一小段。

無論誰對誰錯，那是永遠爭論不休的煩事。經驗和角度，決定了我們的偏見；我們的信念，形成了我們的世界。只要我們相信這個世界沒有神話，這便是一個沒有神話的世界，就算有神話發生眼前，我們將視而不見，聽而不聞。哲學大師榮格曾說：「我們這個時代，缺乏的是一個屬於我們這個時代的神話。」

宗教

當特技人在高空中走鋼繩時，「宗教」便是那條他賴以保持平衡的長桿，否則將兩手空空，在一無所有下，去應付動輒決以生死的挑戰。

在文明的發展上，宗教起了巨大的平衡作用，使人類的精神充實和穩定，將人類體內野性的一面加以道德的約束，使人類除了生存之外，擁有超於物質追求之上的遠大目標。

假若現在的宗教令人聯繫至無知和沉迷，那只是代表了我們需要一種更現代化的宗教精神，從罪與罰、天堂地獄、獨裁的權威和神那類的精神層面上提升至一種對宇宙更深入的體會，對存在自身更進一步的反省。

平衡的長桿一端是物質，另一端是精神，偏重一端帶來的只有災禍和危機，可恨現在的發展已偏離了平衡的軌道。

整個二十世紀可見人文精神的興起，帶來了對民主和人權大方向的發展，將淩駕一切的權力，交回每一個人親切的手裏，雖然在極權和宗教狂熱的土地裏，這仍是個可望而不可及的遙夢，但以往的歷史已教曉了我們，文明進展的大潮流一旦邁開了腳步，最終會衝崩每一個頑抗的堡壘。

目下我們正陷身新和舊的交替裏，若將「宗教」定義為對生命自身存在意義的詮釋，那這樣一個屬於我們時代的「新宗教」仍付闕如。

通俗化

要想得到市場，一定要通俗化，這似乎是不變的定律，宗教也不例外。

天主教耶穌的作為「救世者」、「天堂地獄」、「原罪」，都是每一個人能明白的事。可是天國在每一個人心裏這類意義深遠的觀念，卻非普羅大眾所能明白。在宗教的宣傳裏，耶穌被塑造成慈祥的和肯為世人犧牲的形象，但事實上福音中的他，沒有甚麼是他可以看得順眼的，對事物社會他有尖刻而深到的批評，每一個人都不完備，甚至會勃然大怒將小販趕出聖殿。但要深入人心，他卻需要另一種形象，一種令人更容易接受的形象。

佛教也如是，假設一開始你便要每一個人去成佛，那會嚇怕很多人，因為成佛代表捨棄、血汗、毅力、恆心，沒有多少個覺得自己活得已不錯的人肯肩起這類責任，而且成敗還是未可測知之數。

佛教也走上了天主教的道路，宗教組織形成的團體精神，廟宇神像造成的宗教氣氛，以宗教儀式達到不同的目的，誦經、信念、拜佛。

其實當剝去所有這些外衣後，宗教就是人在這有限的世界去追求永恆和無限，在這看來沒有甚麼永恆目的的生死囚籠裏，尋求超越這囚籠的永恆目標。

三種人

已故玄學大師高捷夫曾說過，追求宗教的可大致分為三類人。

第一類是「苦行者」，他們通過對身體的種種苦行，以追求精神的超越物質，苦行令他們將靈覺大大提高，不再受制於這副臭皮囊。

第二類是「信徒」，他們專注於信念，形成了超越一切的力量，只要你相信，高山也可以移開，這有點像愚孝愚忠，這種信仰的力量令他們將生命財富變成次要，只有信仰的目標才具有最後的意義。

第三類是「坐禪者」，他們專注於精神的修練，瑜伽便是最好的代表方式，通過對肉體的控制和鍛煉，達致高層次的精神境界，以至乎悟覺。

這三類人基本的動機都是相同的，他們為的都是一個超越現世的目標，當你的目光並不放在世俗和這有限生命的成敗裏，才能做這三類人的任何一種。

但儘管對宗教信仰沒有興趣，這三種的追求方式亦可說是做事的方法，例如運動家拳擊家，便可列入第一類的苦行者，沒有苦行，怎能發揮潛能。

第二類的信念，是每一個成功人士所需的條件。第三類精神修養，卻應是每個人也要用心的課題了。

排他性

約翰連儂在他的歌裏唱「想像當宗教並不存在時……」，那的確是很難想像的，中東的回教徒每天都在提醒我們，宗教在影響着人們的一舉一動，一呼一吸。

全世界的宗教都有一個特色，就是教徒深信不移的信念，當一個回教徒伏地向南朝拜、教徒進入教堂、一位老婆婆在神壇前裝香的時候，他們信念的本質並沒有不同，唯一的分別大概在於他們每一個人都深信自己所信奉的才是唯一的真理。所以印度教徒要拆毀回教的聖殿，而當政府宣佈「賤民」可得到政府的職位時，勃然大怒，因為這違背了神的旨意。每一個宗教自有其經典、傳統和群眾去支持，在那裏理性並沒有容身之地，首要條件是相信。

當一種思想和主義被深信不移，不能作絲毫篡改時，那種主義和思想已被捧上神枱，人類只能謙卑地在神前跪下，叩首膜拜。宗教需要的是順民，而不是改革者。所以伽利略被迫放棄自己的想法，在宗教的排他性下，新思想並沒有席位。

科學的進步在於捨棄以前的思想和體制，只不知宗教能否超然於這規律之外，宗教或者能使我們遵從某一種道德標準，但無可否認亦使我們限制於某一套觀念之內，排斥這以外的一切。

天堂

尼采曾這樣寫道：「假設人的眼睛真的打開了，他將在每一個地方看到天堂裏的上帝，因為天堂是蘊藏在每一內在深處的動流。」

在赫塞著的《流浪者之歌》裏，故事的主人翁年青英俊，既有智慧也有見識，可是他追求的卻不是短暫的世俗成就，而是永恆超越的理想，於是他放棄了一切，開始找尋真理的道路。他作過各方面的嘗試，包括在森林裏作苦行僧、和妓女相戀、享受財富和成功、甚至往見當時在印度講道的佛祖釋迦，結果仍是一無所得。

最初當他離家尋道時，經過一條河，河上有位老人，畢生專門撐筏渡人往彼岸，他所有的智慧和經驗都是從這條河學到的。故事的主人翁最後回到這條河裏，承繼了撐筏的任務，最後從河裏，或者更正確地說，從他心裏獲得心靈的解放，悟到了道的真諦，看到了「天堂裏的上帝」。

向外的搜尋，始終只能在己心處獲得。

佛偈曰：佛在靈山莫遠求，靈山只在汝心頭。

正如詩人艾略特所說的：「不停地往外搜採，但最終時將會回到起點去，並首次獲悉該地方的存在。」

異同

不同的文化在不同的地域發展，但其中相同處的巧合，往往能令人咋舌，這或者代表了人類本質的共通性，又或者是文化與文化在某一層面上有着我們還不能理解的奇異聯繫。

例如西方聖經中亞當夏娃的神話，與中國的伏羲女媧，便有很接近的地方，他們同樣是人類的始祖，一陽一陰、一男一女，生出了人類子孫。

最大的分別在於聖經中對亞當夏娃是負面的描寫，其罪過為子孫無限世地承擔下去，這基調決定了這宗教的「負性」，我們都是罪人，不可以驕傲，愈能在神前謙卑、自責、自省、跪下懺悔，愈有機會從罪惡中得救。

伏羲和女媧卻是人類的英雄，女媧煉石補青天，若非她那神奇的五色石，世界便不知會變作甚麼樣子，伏羲更是知識的源頭，流出整個中華民族的文化。

所以當西方不堪回首，否定過去，肯定將來時，中國卻念古復舊，黃金時代在堯舜禹湯文武，最高理想在於重現過去。

西方的進取，似乎一下子得到全面勝利，可惜亢龍有悔，目下危機重重，動輒大禍臨頭，能走的路已是愈窄愈少了。

第六篇　命運與人生

宿命

宿命是令人不寒而慄的想法，試想假設一切都是注定的，生命還有何樂趣和意義？可是假設一切都是注定的，樂趣和意義就不是由我們決定的了，甚至賢愚勇弱，信命或不信命，亦只是命運注定了的形式。

就像地心吸力一樣，雖然我們感覺不到它的存在，可是我們每一個動作，舉手投足，每一分的重量，無不由它決定。我們已成為了地心吸力的一部份，就如我們是命運的一部份。

有人會說假設一切都是注定的，我便不需努力了，但正如上文所說，努力不努力亦是身不由己的了，何況命運就像宗教一樣，是永遠不能百分百被證實的。

再說人類還有善於「揀擇」的力量，他可以揀選相信或不相信。例如我們親身經歷了一些命運的異事，某人被準確預言將來某事，我們一是嗤之以鼻，或指其純為巧合，甚至誠心相信的人，亦會很快將之忘記，因為這類顯示宿命的異事，實在太違反我們眼前的現實，在這現實裏，向左向右應是由意志決定。

於是我們可以繼續活在沒有宿命的安全裏。

造化弄人

七、八年前的某一天，我和一位愛思考的朋友在大嶼山的田野間漫步，談論着宿命有無的問題，走着走着，來到了一道小橋上，樹的濃蔭下，溪水在橋底流過。

朋友的注意力被另一生物吸引了過去。

他嘆道：「那隻蝴蝶真美麗！」

我順着他的眼光看去，一隻大蝴蝶悠然停泊在橋下溪流中突出水面少許的一塊石頭上，可是由於雙翼閤起上來，使我看不到牠翅膀上美麗的圖案。

我道：「真是那樣美麗嗎？」

朋友肯定地點頭。

我好奇心大起，在地上隨意撿起一粒粗沙，往橋下十多呎外的蝴蝶拋去。

粗沙在空中畫過一道弧線，往蝴蝶落去，在我們不能相信下，粗沙竟擲中蝴蝶的頭，美麗的蝴蝶慘然掉進水裏，隨着水流一起一伏，往下流沖去。

一時間我們啞口無言，面面相覷。

我若要蓄意去擲蝴蝶，憑一粒難以準繩的粗沙，可能一百次一千次也擲不中這樣距離的小目標，就算擲中的是牠的翅膀，牠也只傷不死，但造化弄人，蝴蝶卻因牠的美麗和我的好奇死了。

未來

未來是茫不可測的。

擁有美好現在的幸運兒，恐懼明天將一無所有；陷身厄運的，恐懼惡運永無休止地延續。

對於未來，我們就像在伸手不見五指的大殿內盲目射擊，希望能命中槍靶的紅心，而我們只有發射一槍的機會。無論希望有多少，未來只有一個。

你可以選擇口硬或口軟，有信心或沒有信心，可是未來永遠深藏在時間的面紗裏，永遠看不清楚。

在這三度空間的世界裏，時間卻反常地以過去現在將來的方式直線延伸，每次只能站在某一點上，我們叫那作「現在」。

人類天生有種傾向，就是對最奇怪的事物也能習以為常，其中一項就是時間。假設這過去現在未來的邊防是牢不可破，那我們只好認命，甘心做時間的奴隸，可是在人類的歷史上，偏偏有大量事實，告訴我們在某一些情形下，我們是可以早一步揭開未來遮臉的面紗。

未來是否從來便不是未來，未來是否早已發生了，只是人的經驗令它變成了未來？

說到底，從沒有人能了解時間，鐘只是代表人類的經驗，代表人的局限。

正覺

整個文明發展下來，負責語言和邏輯思維的左腦佔了絕對優勢，可能是負責感性，直覺甚或超自然力量的右腦退居二線，而每逢當我們思想或說話時，我們運用的絕大部份是左腦的功能。

這令我想起所有精神的修練，例如佛道二家的禪坐，都講求排除雜念，保存正覺。只有一念不起，才能不運用語言，才不致完全側重在左腦的功能，我們才能進入罕有「人」跡那右腦深沉玄秘難明的「神秘大陸」。

人類在發明語言前，是否右腦佔優勢，語言中心為何又只揀選了左腦作容身之地，能解決這些問題，將能助我們更進一步了解自己。

了解自己擁有的能力。

人類所謂的「森林靈覺」，巫師的奇異力量，神打茅山的奇術，是否都是與這右腦的神秘功能有關？

無論是通過坐禪，極端的儀式，長時期的苦行，都是要將文明的枷鎖除下來，從左腦發展出來的理性文明解脱出來。

從而得到正覺。

語言囚籠

「生理心理學」的長足發展，令我們發現了一個震撼性的事實。

這就是「左右腦分離狀態」。

我們的腦原來可分為左右兩個半球，它們間的唯一通道只是一束神經纖維線，假若這神經纖維被截斷，左右腦便會陷進隔離的狀態，各自獨立起來。

左腦和右腦有各自不同的工作和任務。

左腦其中一個最主要的任務是「語言功能」，假設右腦受損，一點不會損害語言的能力，但若是左腦的話，則休想再雄辯滔滔。

右腦真正功能至今仍未弄得清楚，例如對空間的感覺、比較感性的藝術行為、超自然能力，諸如此類，都可能與此有關。

一個有趣的問題：語言是邏輯思維，這應都是左腦的專利，而每當我們說話思想時，都要運用語言，所以人腦文明愈發達，語言思想愈進步，左腦便更高度地發展，而右腦只發揮着輔助性的作用，很多應有的潛能都被理性思維壓得抬不起頭來。

語言變成了我們的囚籠。

可是不要忘記，當你口若懸河，想入非非時，尚有沉默的一半在冷然注意着你。

預言

說到預言，當然以法國十六世紀的玄學家諾斯特拉達穆斯 Nostradamus 最有名，但他卻不是唯一的一個。一八七七年生於美國的艾加基斯亦是一個奇怪的例子。

諾氏的預言方法，來自他的超越時空的第六感和對占星術的認識，其中情景，令人難解，但艾加基斯的預言方法非常簡明，就是通過催眠的方法。所以他亦被人戲稱為「睡眠先知」。雖然為何催眠後他可以超越時空，又或喚回以萬計的年代前的回憶，仍是奇異難明，不過總還是有跡可尋，不似諾氏的天馬行空。

艾加基斯準確的預言包括在一九二九年四月，亦即華爾街大股災前六個月預言它的發生；兩個在職總統羅斯福和甘迺迪的死亡；第二次大戰在一九四五年結束。而無獨有偶，他也和諾氏同樣預測在一九五八年至一九九八年間大災難的發生，洛杉磯、三藩市和美國東岸會被毀滅，這和諾氏在《世紀連綿》中的預言非常接近。

艾加基斯成為先知的過程非常有趣，尤其是談到失落文明「阿特蘭提斯」和「輪迴」時，更使人對神秘的時空間隔生出莫名其妙的迷惘。

人生究竟是怎麼一回事？

三世書

十多年前初習玄學時，對每一方面都有濃厚興趣，一聽到有任何奇人異士，立時登門求教，那時的心態是深切希望掌相批命等確有其事，否則學下去還有何意義可言。於是儘管高人並不那麼高，也盡量去發掘他們的優點，忘記他們的缺點，如此地去蕪存菁。

那時有人眉飛色舞地來告訴我，他們看了三世書，知道了前世、今生和來世，例如前世是隻雞，所以今世這麼貪吃。前世是位滿手鮮血的將軍，所以今世愛作善事。又或前世是位落第秀才，今世拚命學東西自有前因。言之鑿鑿，驚險刺激。

這便像鐵板神數一樣，全來自一本書，只要異人掌握了其中訣要密碼，輪迴的秘密便無所遁形，愛看武俠小說的我，自然深信世上確有秘笈，於是立時排期約見，享受偷看天書的樂趣。

豈知一看之下，廢然而止。

最大的問題是書中並沒有外國人的名字，這是否說輪迴是有國籍限制，中國人只能輪迴作中國人，不能做番鬼子，不能做日本人、印度人、剛果人？

中國的玄學裏有極端寶貴的東西，卻往往受到迷信的侵染，使美玉蒙上污塵。

局外人

假設有外星人來到地球，一定對很多人類的行為百思不得其解，例如維持生命的飲和食，為何如此千變萬化，好好的水不喝，卻要喝酒、汽水、加上化學成份的飲品？為何將其他生物的屍體，以各種匪夷所思的包裝和花式，送到餐枱上言笑間放懷大嚼？為何有些地方的食物多至倒進垃圾堆裏，有些地方的人卻要餓死路旁？為何一大群人要讓一小撮人剝削殘害？諸如此類，數不勝數。

可是我們卻看不到這些荒謬的事，因為我們身在局中，只覺眼前一切天公地道，就像太陽從東方升起來，往西方落下去？

假設一個局內人以局外人的眼光去看周遭的一切，他便會得出存在主義者的結論，這世界是荒謬的。

就像卡繆筆下的《異鄉人》，雖然那是他的國家，他的鄉土，但主角卻從不覺得他屬於那裏，只是獨在異鄉為異客。所以當他被判了死刑，神父來向他講道時，他抓着神父的喉嚨，咆哮道：「我擁有即將降臨的死亡和死前的現在，你卻一無所有。」

這是一個陷身局內的人無奈的叫喊。

局外人是孤獨和沒有市場的，假設人生若夢，做個好夢吧！我們還能做甚麼？

安全

心理學大師說人類與生俱來便在追求「安全」、「性」和「自尊」，有所求則有所失，人類的煩惱也由此而起。

因為是與生俱來，所以最不自覺，就像不知道自己在呼吸，聽不到自己的心在跳。

人類聚族而居，那比獨居要安全一點；人類學會建造堅固的巢穴，學會運用武器，都是安全的保證。畜牧可以保證源源不絕的食物供應，於是人類文明由游獵發展至農業社會，到了今天，走到街上，比起古人類確是安全得多，我們很少想到可能不會活着回家。

在精神上，我們也由只能在神巫處獲得的安全，收回在自己手裏，以格物致知的形式，勇敢地在無知的汪洋裏保持一點靈明不滅，而那一點靈明就建立起整個人類的宇宙觀和人生觀，我們的保安系統。

一切都似乎是合理和可以解釋的，對於眼前的現實我們可以大致分為「已明白的」和「尚未明白的」。只要不去想「尚未明白的」，我們足可以活在「已明白的」的安全裏，享受着「已明白的」帶來的一切，而除了這樣做外，事實上再無他法。

安全始終是第一要務。

第七篇　文明的終結

豐足與苦難

在二十世紀裏，活在豐足地區的人如我們，可能早忘掉我們的祖先曾有過的艱苦日子，從電視看到非洲的饑荒和苦難，雖然是那樣地清晰，但電視一轉，又變成歌舞昇平的娛樂節目，我們可選擇視而不見，聽而不聞，現代人多姿多彩的生活，使我們輕而易舉活在與過去、將來隔斷截離的現在。

在那些路有凍死骨的日子裏，罪惡都是因「需要」而起，肚子餓了，唯有去搶奪他人的食物；食物不夠，只有以殺戮將人口減少。但在豐足社會裏，罪惡發生的動機便複雜得多。人是合群的動物，而罪惡亦因合群而來。龐大的社會結構，自然地以淘汰的方式，將人放在不同的位置上，當某人不滿意這種安排，便會變而為種種程度不一的罪行，以違反社會定下法則的方式去滿足自己的需求。心理學家指出，罪犯都有種希望「一朝得志」的心理，而搶劫一間銀行無可否認是獲得金錢的最快方法。

所以無論是苦難的日子，又或豐足的日子，罪惡始終陰魂不散地跟隨着我們，這是否遺傳因子打一開始就有問題，還是這是地球上生命形式的必然途徑？

動機

在一九六一年出版的《兇殺案百科全書》，記錄了無數令人髮指的罪案，同時顯示了很多啟人心思的現象，例如在大體而言，法國人和意大利人犯兇殺罪多是與個人的情緒有關、德國人則傾向虐殺、英國人殺人時計劃周詳、而美國人卻較粗疏大意，這樣看來在殺人上，亦顯示了不同的民族性。

其中有種特別使人不安的就是完全沒有動機的兇殺，也就是找不到甚麼表面的理由，而是忽然心中一動，或興起一個奇怪的想法，遂害了一條人命。

例如一九五九年在加里福尼亞一位美麗的女子坐上了一位已婚男子的順風車，無端端連開十二槍將對方殺死，事後被捕時她說只是想知道殺人是否會引起內疚。

這類例子數量不少，而且愈來愈有增長的趨勢，報上不時有持槍者亂殺無辜的新聞，是否代表了現代人的心靈空虛。宗教和道德的約束力在這知識爆炸的時代已萎縮不振，現代始終產生不了偉大的哲學家，人類脫離了崇拜權威的時代，餘下來卻是迷宮般的世界，令人不知何去何從。

物質生活的步伐遠比精神的步子為快，後果便像走鋼絲的人所持的竿子一邊重一邊輕，自是步步驚心。

亂世

罪案的上升和其嚴重性，使人們大為擔憂。罪案的本質，往往忠實地反映着社會的心態和其病態的一面。

心理學家做過一個著名的有關老鼠的實驗，就是當大批老鼠住在一個缺乏活動空間的擠迫環境裏，老鼠會開始侵犯其他同類，以至乎鼠吃鼠、強姦諸如此類。

大城市正是這樣一個環境，人愈多，人的隔離反而愈大，不公平的情況亦更為尖鋭，而惡劣的環境，更使戾氣難以消除，於是叢生種種社會問題。

就像籠中鼠過多的鼠世界。

其次是世局的問題。

據統計每一次大戰期間和其後，罪案都會急劇上升，例如第二次世界大戰後，英國在一九四六年的罪案比戰前的時候上升了一倍。儘管以其遠離戰場的因素，較不受戰火影響的美國，罪案也上升了三分之二，直至一九五四年前後，罪案的數字才開始回落。

但情況仍不樂觀，跌落的只是搶劫和偷竊，但謀殺和強姦卻是有增無減，顯示了人口的增加，應驗了「鼠口過多徵象」。

戰爭或政治上的不穩定，造成人心的不安，打破了「正常」，使人產生了事事都不能以守法和常規行之的危險心態，短視的人鋌而走險，希望能為自己爭取最大的收益，道德的約束力在世局的壓力下土崩瓦解，每一個人都為私利侃侃而言，形成了病態的社會。香港如此，中國大陸又何嘗不是。

這是不正常的現象，社會既不能帶來繁榮穩定，惟有各展奇謀。但希望卻永遠存在，一個政治上的良好變化，亂世便可逐漸變成樂土，而且變化當在目前。

由亂至靜的過渡期裏，需要的是耐性和毅力。

素食

當一個水果埋在大地裏時，條件適合下，它會茁長出另一株果樹來；可是若將動物的屍體或殘餘埋在地裏，它只會腐爛發臭。

這給予素食者一個理論的基礎。

肉食裏有大量酸性，當吃進體內時，會令肉食者產生各方面的問題。其實人類營養的最主要來源，是太陽光合作用下產生的葉綠素，所以連肉食獸如獅子老虎，也要吃素食的馴良動物如羊、鹿等，以攝取陽光的精華。人類需要的蛋白質，在荳類食物中也不缺乏。所以在理論上，素食是絕對可行的。

一個古老信念，靈智愈高的動物，其肉愈不適合食用，因為其體內充滿各類情緒，吃進體內對我們會有不良影響。

食肉的動物在侵略性上無異是明顯地大得多，獅虎豹蛇鱷魚、海裏的鯊魚，莫不是擇肥而噬的兇惡食肉獸。

所以素食的人類亦應是較為理性與和平，假設事屬如此，問題便是當他們面對其他食肉的人時，面對比他們具有更高侵略性的同類時，是否會成為這高度競爭肉食文化的犧牲者？

斷食

斷食是瑜伽修行中一個重要環節，也是一種飲食的學問，人若不斷工作，便須休息一下，度假去也。我們的消化系統何嘗不然，每個月揀一天或兩天讓肚皮休息一會，只喝水，使消化系統能將多餘的營養或脂肪消耗，是衛生的做法。

現代人在大城市裏，物質豐富，一日三餐外，還有各類美食甜品，過猶不及，所以因營養過多而致百病叢生的例子不勝枚舉。

斷食的時間是大有學問的，瑜伽者多揀選月圓時分，因為那時刻因月球引力的關係，人類的水份會往頭部集中，儘管這變化是微不足道的一回事，但已能產生精神和情緒上的影響。科學家能在一隻杯子裏測量出潮汐，有百分之七十是由水分子組成的人這「大杯子」，自然更受影響。而斷食正是使人平心靜意的法門。

斷食是不應貿然行之，應是由輕至重，開始時，首先揀每月的某一天，一選定了，便不輕易改變，使斷食變成生活的習慣，第一次可當作嘗試，吃少許的水果，盡量減少劇烈運動，這或者可以帶給你一個新的體會。

困擾現代人的問題，誰說不可以從古代的智慧中找到解決的寶匙？

突破

在過去的五十萬年來，人類的腦袋出現了史無前例的高速發展，使猿人變成了有高度智慧的人類，專家稱這為「腦的爆炸」，一朵應該三個月才開的花朵，三日便茁壯盛開，其中的原因仍是個不解之謎。

這種人類的變異，並非是逐漸的蛻變，慢慢由獸腦逐漸演化成人腦，又或舊腦自然地轉化至新腦。而是「強加」的，大自然令人難解地將新的成份，強加至舊的成份上。

這使我們擁有三個「腦」，爬蟲的腦，哺乳動物的腦和人的腦，三腦合璧。此組合造成了人類複雜莫明的性格，在某一些情形下，原始獸性的腦會出來控制大局，使我們變成禽獸不如的傢伙。

當我們在音樂廳欣賞巴哈的神樂時，爬蟲的腦、哺乳動物的腦同時在聆聽着，我們很多時不明白為何喪失理智，因為人類並不了解他身體內的獸性。

在《人類自我毀滅的剖析》一書裏，伊域方指出了人類自我毀滅的傾向，由一開始，人便是唯一毫無理由地殺害同類的動物，今天我們擁有了核子彈，今天我們不斷破壞大自然，無論有意無意，人類正在自我毀滅的路途上走着。

生命條件

當我們往外太空找尋生命時，我們總愛偵查那些星球有類似我們地球的條件，來判定那一星球是否適合生命的發生，某種類似地球生命的發生。

地球氣候溫和，有空氣和水，所以適合生命的生長，這個說法其實頗為不妥，因為我們和其他生物植物，都是在這裏長大的，所以自然對這環境甘之如飴，但地球的條件，卻不一定是生命發生的必然條件。

在其他完全不同條件進化出來的生命，也會有着我們同樣的看法，當他們在宇宙搜索其他生命時，地球為他們可能是個絕對不適合他們那種形式生命的一個地方。因為對他們來說，地球充滿有毒的氧氣和腐蝕性的水。

在一部科幻名著裏，描述了一個地心吸力比地球強上數倍的世界，在那裏只有長度和闊度，沒有高度，一切東西都是扁平的，那裏的生物是擁有智能的大爬蟲，而全書的高潮，是這些爬行生物，攀上該星球從沒有生命敢幻想登上的高峰，克服了對高度的天生畏懼。

這令我想起了移民潮，香港或者可以給肆意破壞地球自然環境的人借鏡，終有一日，我們也不得不忍痛，假若可能的話，離開可愛的「鄉土」，一個本該是最適合的地方。

水

水是奇妙的東西。

地球上最多的是水，據科學家目前的研究，生命是自她而來，所以她就像是萬物的母親，但她從不居功，還任勞任怨，為我們默默地幹着數也數不清的工作：運輸、調節氣候、延續生命、提供娛樂場所……

水是由一個氧兩個氫組成，可是它們究竟怎樣合而成水，到現在還沒有人真正弄得清楚。在零度水會變成固體，體積反而大了起來，雖然我們接受了這是現實，習以為常，可是那仍是異常的事。

而水和我們是息息相關的。

我們身體百分七十以上是由水的分子組成，當我們看着雨從天上落下來，從溪河流出海去，大海無邊無際地在眼前擴展，我們知道看的並不是身外之物，我們身內亦有着同一樣的奇妙東西。

但有些人類是善忘的，對施予生命的母親忘恩負義，肆無忌憚地將她純美清淨的特質，變成有毒的污物，還振振有辭地說這是文明的進步。

我坐船由大嶼山往香港島，看到人將垃圾拋往海裏，終有一天大海亦會將垃圾歸還我們。

生態平衡

在電視上看到日人振振有辭地捕殺在沙灘上擱淺的海豚，心中難受。

海豚是一種具有高度智慧的海洋生物，只要經過訓練，能跳火圈、打乒乓、棒球、投球入籃、從水裏躍起將人手中的魚啣去，和美女親嘴。據實驗研究，同一個訓練，猴子要學幾百次才能掌握，而海豚只二十次就學會了，所以海豚遠比猴子聰明。

而更重要的是海豚對人類是非常友善的，而且懂得和人交朋友，特別是孩子，這樣的例子不勝枚舉，例如一九五六年新西蘭奧波倫尼海邊一條被名為奧波的海豚便和一名小女孩交上了朋友，把她馱在背上暢遊大海，牠只聽她一人的吩咐。又如一九六六年蘇聯耶夫帕托里亞海濱，一條海豚和那裏的小孩玩耍了足有一個月之久。人類最忠心的朋友狗兒，假設未經飼養，亦是野性難馴，可是海豚卻是天性善良，這使人們對牠的苦難尤感痛心。

海豚對人是有救命之恩的，墮海者為牠們所救，已是鐵一般的事實，而漁民為了海豚嚇走他們的魚而將牠們捕殺，只代表了人類橫行霸道的野蠻行為，地球並非人類的私產，這樣的態度擴展至每一方面時，打破了生態平衡，最後吃苦的必是我們，和我們的子孫。

人類的反省

海豚有驚人的本領，不但能夠認人，而且儘管將牠的眼蒙起來，牠也能直線向擲到水中的魚兒游去擒拿，這使研究員發現牠們的聽覺是非常靈敏，而且牠們可能還會發出「聲納」來辨別目標，就像潛艇在水底以聲納來探察海裏情景的方法，根據發出聲波和接到回聲的角度及時間間隔，從而推算目標的距離和方位，又據其強弱和微妙的特徵，辨別目標的大小和性質。

假設真的如此，海豚本身便已是擁有高科技的自然傑作，除了不懂像人類般建造文明外，求生的機能實在是人類難以望其項背，而選取了佔地球總面積達十分之七的海洋作為生命的樂園，亦比基本上困於陸上的人類逍遙自在。

海洋是個嘈雜不堪的世界，各種魚類和生物的叫聲，船隻經過的聲音，風浪的咆哮，連人造的聲納器亦常被干擾至中斷操作，但海豚卻依然能在遼闊深廣的海裏縱橫自若，享受上天賦予牠的超卓生命，人類對牠們的攻擊和殘害，是既沒有理也不公平的。

人和動物最大的分別可能是在其自我反省的能力，到了今天人亦應利用這種本領，反省文明為自己、自然環境和其他生命帶來的深遠禍害。

大好江山

我們似乎生活在永恆不變的大好江山裏，雖然間中有地震提醒我們：「老朋友，世界並非是如此的。」可是那一天還未發生在我們身上，只像一個遙不可及的夢，災難是屬於電影院裏一種反面享受。

前一陣子報章上說的小行星進入地球的軌跡裏，只差一點點便撞上地球，又說假若那發生了，會像一場威力龐大核戰的毀滅力，幸運的那只是一個假設，地球依然安然無恙。

其實只要我們打開地圖一看，將發現美洲和非洲可以嵌合無間，成為一塊完整的大陸，究竟是甚麼力量將它分裂開來？是否亦是同一力量將恐龍變成歷史的遺痕。今天我們只能通過巨形化石，憑弔這曾橫行大地的龐然巨物。可是我們有否想過，發生在牠們身上的災難，亦隨時可以發生在我們身上？科學家習慣了說，災難可能會發生，不過不是今天，也不是明天，而是在以萬年計的遙遠時空，或者是當太陽燒盡了它的質量時。於是我們又可以活在虛擬的安全裏。

但只要一顆小行星撞上地球，或是因人類造成生態環境的破壞，地球便隨時可陷進難以預測的災難裏，而無知的人還懵然不知在盲目的政治思想和宗教狂熱裏鬥爭仇殺，永無寧日，就像被擲進熱水生滾的魚兒還在互相咬噬，茫不知災難已是燃眉之急。

或者這只是過慮，可是防患於未然，大自然還未習慣肆意破壞的人類文明，終有一天受不住猛然反擊時，只怕人們吃不消。

人類愈是壯大，其他生命愈無還手之力，只好任由宰割，當生態的平衡被破壞時，亦會帶來不平衡的災難，人類對自然的認識，已使他認識到所有生命都是唇齒相依的，但在這個功利為上的世界，要保護自然環境的人的呼叫聲似大實小，因為破壞自然的行動無孔不入地默默進行着，從未間斷，大多也沒有見報，而那惡果亦由我們在默默承受着。

世界末日

自有人類歷史開始，世界末日這個想法一直困擾着我們。

在遠古的神話裏，例如女媧煉石補青天，便挽救了一個可能毀滅世界的大災難。聖經裏啟示錄述及假基督的出現，魔龍的再次橫行，都預示着將來的命運。

更具體的有法國人諾斯特拉達穆斯在一五六八年出版的《世紀連綿》中所說的：

「一九九九年第七個月份，恐怖大王從天而降」

這首預言詩為世界末日投下了驚心動魄的陰影。

而人類亦面對前所未有的問題，忽然間他擁有了毀滅世界的能力，就像一個不知天高地厚的頑童，肆無忌憚地又跑又跳，驀地發覺來到了一個沒有退路的高崖邊緣，粉身碎骨只在一念之間。世界末日的問題，從未試過如此迫切。

「恐怖大王」是否外星人的侵襲、又或從天而降的核彈、抑或是人類破壞自然引致的生態毀滅，是地軸轉變、小行星撞地球、太陽的變異，或是如英國科幻作家巴拉德在《結晶世界》中描述的：整個世界將變成結晶體，整個世界逐漸變成了神？

末日是否代表着另一個「再生」？

【輯二】剎那芳華

剎那芳華

人類最大的敵人，可能就是「平凡的苦悶」。

以先前所述實驗為例，以精神力量去影響一粒自由落下骰子的點數，每一個人第一次去做時，他的成績一定比第二次和以後的好。合理的估計，就是當他們第一次做時，因為新鮮的關係，故而興致勃勃，得出了最佳的業績。

這也是我們的通病，任何事做得多了，變得平平無奇時，新鮮感失去，一切都變得沉悶乏味。所以說婚姻是戀愛的墳墓，請回想一下第一次和她或他約會的滋味，為甚麼不能每一次都像第一次那樣？

滿足只是剎那之間的事，當以往朝思暮想的事變成平常生活的一部份，起始的興奮和濃烈便煙消雲散，了無痕跡。所以哲學家說「理想是永不能實現的」，當理想變成現實時，將失去了不平凡的吸引力，因為它已變成了日常平凡的一部份。

於是我們開快車、看電影、旅行、偷情⋯⋯希望能暫別這個平凡的世界，享受新鮮不同的樂趣，雖然之後我們又要重回平凡的苦悶裏，但已有了刹那的芳華。

一九九零年九月一日

癡人說夢

相信夢是有很多不同的深淺層次。

最接近日常的層次，自然是反映着當時的生理狀況。例如夢到廁所，自然是人有三急；天寒地凍，冷氣機的調節系統失靈，諸如此類。

亦有一個層次帶有心理療效。

生活實在太不如意了，世界灰暗不堪，於是我悲傷地爬上床，進入夢鄉，夢裏虎狼當道，撲攫而來，我拚命跑、跑，醒來時才知大夢一場，於是我鬆了一口氣，想想比起噩夢裏的恐怖世界，現實便要勝上數籌，因而振奮起床，再次面對人生。這有點像心理學上的「驚嚇治療法」。

更深入的層次，我們接觸到無與倫此的奇妙世界，在那裏就連超越時空的事也可以發生，因為在那裏，人類的經驗不適用，於是我們需要通過翻譯去了解那奇異的夢遇。

一隻崩了的牙、一條竄動的毒蛇、遍地的金銀，每一個形象，每一件事物，代表的再不是現實裏的意義，而是一種象徵、一種翻譯，翻譯另一個世界的奇遇，只有通過這些翻譯，我們才能把夢境記牢。

才能癡人說夢。

一九九零年九月三日

八字

乍看起來，以出生年月日時天干地支合起來的八個字，論斷人一生禍福榮辱，是不可思議又難度極高的一回事，其實要學習這一類玄學知識，只要多一點耐性和時間去掌握基礎ABC，加些想像力，輔以人生經驗，那將是饒有趣味的事兒。

例如閣下「屬木」，生木的是水，所以水便等於木的母親，假設少年運時水旺太過，批之於命，便是少年時過份嬌縱，以至木腐不能雕。

整個八字，來來去去都是金木水火土的生剋制化，那並沒有一丁點違背我們所知道的常規。

再舉例如閣下屬水，八字本身已是水旺，加上某一段運程內全是水，便會有水旺木飄的現象。假設閣下喜水，這段時間你或會遍遊天下，盡覽美景，又或幹上了一份馬不停蹄的工，這處去那處去，就像一條在水上漂浮的木。假設閣下八字不喜水，那段時間就是顛沛流離，人在江湖、身不由己，想歇下來休息一下時，命運的一個浪頭，就會將你沖到別處去。

對我來說，八字是具有高度學術性的玄妙學問，助我從另一個角度去體會和窺視生命。

一九九零年九月八日

孤島

一動無有不動。

地球和其他八大行星，繞着太陽行走。

太陽只是銀河系以千億計星體的其中不大不小的一顆，它隨着銀河系本身的自轉，帶着她包括地球在內的九顆行星不斷旅行，橫渡遼闊的虛空。

而整個銀河系，除了本身的自轉外，亦正向着宇宙無盡的深處作那永無休止的飛航。

銀河系只是天上以千億計的星系其中不大不小的一個，每一個星系都在空中漫無目的地旅航。

宇宙並不是靜態的，沒有一件物體不在作着運動。

大大小小的星體，形成大大小小的孤島。

在太陽系內，大至太陽，小至月亮，都是一個個獨立又相依為命的奇異世界，而只有地球，滿載着奇異的生命，包括了能反省自身存在的人類。

我們的太陽系和另一些的星體間，存在着人類難以逾越的空間鴻溝，使到我們孤獨隔斷地活在我們獨有的太陽系小宇宙裏，一個以太陽為中心的孤島群內。

希望有外星人的存在，有神的存在，因為假設宇宙空無其他生命，那是令人不寒而慄的事。

一九九零年九月十五日

情緒

有人計算過，人最少要超過二百年的時間，才可以步上成熟的階段，好好地控制情緒，享受心靈之海那風和日麗、平靜無波的日子。

可能有人認為那是枯燥乏味，正如有人認為高僧禪坐是頂單調沒趣的一回事。有個故事這樣說：一所華宅的主人往外去了，於是宅內所有傭人都爭着坐上主人的位置，今天花王勝出，由他發號施令，明天廚師當道，凌霸天下，如此爭鬥不休，無風三尺浪，永無寧日。

人也是那樣，主人不知到了哪裏，於是各種情緒輪流當道，永無安逸。嬰孩最不懂控制自己的情緒，要笑便笑，要哭便哭。青年人年少氣盛，更成為情緒的奴隸。當情緒肆虐時，這世界將變得毫不可愛。

不同的激烈情緒，愛與恨、惱悔、憎仇、無奈、絕望，便像拉車的幾匹馬兒，每一隻也想往不同的方向衝刺，結果車廂只能在原地打轉，動輒車翻人亡。

生老病死，人是免不了受到情緒風暴的吹襲，若能屹立不倒，自然另有一番光景，又或者進入佛道的避難所內，積極地躲他一躲，但望主人早日回家。

一九九零年九月十六日

武士刀

一把閃爍着綢緞似熠熠光澤的武士刀，不僅代表了一種高超的技術，還反映着孕育出這種技術的精神。

要符合標準，這把刀必須剛柔兼備，既有韌性又有硬度，所謂剛則易折，柔則易曲。可是一種材料裏並不可能同時兼具這兩種對立的特性，解決的方法就是使它同時含有不同的層次，把切斷的鋼條反覆重疊地鍛壓為一體，每一層與性能有所不同的另一層緊密結合，造成柔性與剛性的混融為一。

跟着這把經鍛壓的武士刀被塗上厚薄不勻的黏土，在洪爐上加熱鍛燒，到某一高溫時，刀身呈朝陽初升的色澤，刀被投進水裏，黏土覆蓋處因厚薄不同故此亦以不同速度冷卻，在刀體形成了不同形狀和大小的晶體，造成刀鋒的堅銳、刀體的柔韌，也造就了以少勝多、橫行明代沿海的倭寇。

據說當時中國的刀劍碰上武士力，便難逃斷折的命運。干將莫邪的風采，蒙上暗黑的恥辱。

現代化的日本，繼承了這種精益求精的精神，他們能將任何事物，提升至它的極峰——道的禪境。只有在那類心態下，才能孕育出製造這把武士刀背後的條件。

那也是干將莫邪以身成劍的精神。

一九九零年九月十九日

迷途

有一個故事，每一次讀來都能啟我深思，那是玄學大師說的魔術師和他的羊群，是這樣的：

有位邪惡的魔術師，不安好心地養了一大群羊，準備用來屠宰，可是他生性懶惰，沒有花功夫去設立圍欄，於是聰明和有膽識的羊兒都逃走了，魔術師勃然大怒，將所有羊兒都召到他腳下，將牠們全部催眠道：「偉大的羊兒們，你們都不用擔心明天，那是美好和快樂的，而且你們根本不是羊兒，而是勇敢的獅子、威猛的老虎、哲學家、科學家、神學家、醫生、律師、英雄、救世者。」

於是，由那一天開始，再沒有羊兒逃失的問題，牠們都安心做牠們的哲學家、科學家、英雄美人，那還有時間去當羊兒和思索明天。

高捷夫說，這就是人類處境最精確的寫照。

我們不知他是否危言聳聽，因為根本沒有資格去肯定或否定，佛祖入滅時曾警告說：「生死間極可畏也，予等精進勵行，以出生死之外。」便帶有同樣信息。

在一本名為《心靈寄生物》的書裏，描述了一種寄生在人類心靈大海的邪惡異物，吸取全人類的精神作養份，使人類保持在殘酷卑下的劣性裏，沒有了它，將變成為神。

一九九零年九月二十日

道

大地上充盈着千億計不同形式的生命，由比微塵還小的細菌，至乎像座小山船大的藍鯨；由單細胞的變形蟲，至乎結構複雜的綜合物、會思索會反省的人類。

可是生命只有一種。

細胞的不同組合和作用決定了生命的形式，細胞核裏遺傳基因的信息決定了生命的發展。

宇宙內有無數不同的物質，但只亦是因分子不同的排列結構、分子與分子間的關係變異，而產生出豐富多姿的物質形態。

時間雖可被切割成以百萬計的小段，年、月、時、分、秒，但時間的長河由無始流來，向無盡流去，本身從未喪失作為一個整體的情態。

宇宙裏雖有不同的星體，可是只因大小的不同、結構的密度、發展的程度，而決定了它是地球還是太陽，是中子星、紅巨星、脈沖星、超新星，還是會吞噬宇宙的黑洞。

虛空仍只是一種，星體起始生滅，虛空還是默默無語，永恆不變。

科學家一直在找尋一種能解釋宇宙物質或非物質的統一場論，就像古今聖哲不斷去追求，為它空垂白髮的「道」，那能對所有「存在」作出圓滿交代的「道」。

一九九零年九月二十二日

水瓶座時代

根據西方星學，我們現正處於雙魚座時代和水瓶座時代交替的時期。

在二千多年前西方星學確立時，春分點於白羊座零度開始，可是由於太陽和月亮的引力，地球在天上繞着太陽走了一個大圈後，每次還差一點點才回到原來的地方，所以以十二星座作座標的春分點，正在不斷向後移，經過了二千多年，後移了差不多一個宮位，現在已快由雙魚座退往水瓶座。

當春分點移經雙魚座時，那二千多年便被稱為雙魚座的時代，大約在二零零零年前後，春分點便會進入水瓶座，開始一個全新的時代。

據說耶穌以五餅二魚飽數千人之腹，那雙魚正代表了雙魚座的時代，是否如此，只有天才曉得了。

雙魚座時代是崇尚權威的時代，水瓶座則代表開明、革新和自由。不過在大時代的交替裏，新舊迷移，將會出現驚心動魄的變化。

我們有幸處於這時代的隙縫裏，無可避免地感受身受這變異帶來的動盪，希望送舊迎新，好的靈醜的不靈，最後能捱出頭來。

一九九零年九月二十三日

盲人提燈

有位盲人到朋友家中參加晚宴，宴罷待要起程回家，朋友把他攔着道：「這處有個燈籠，你提着它回家吧！」

盲人笑罵道：「你簡直在開我玩笑，我是盲的，有燈籠沒燈籠有何分別，還要費力去拿它。」

朋友道：「你看不見，但其他的人卻看得見，你提着它，別人就不會撞到你身上去。」

盲人回心一想，朋友的話不無道理，於是高高興興接過燈籠，在高度安全感護翼下，回家去了。當快要抵家時，一個冒失鬼猛撞過來，盲人跌個人仰馬翻，連燈籠也掉了，不禁破口大罵起來道：「你盲的嗎？燈籠也看不見。」

那人回罵道：「你才是盲，你的燈籠早熄掉了。」

故事就是如此這般，也描述了人類與生俱來的悲哀，當我們口沫橫飛地述說「真理」時，就像那盲人一樣，以為那燈籠是亮着了，可以照明他的歸途。

愛因斯坦說：「魚兒對於牠潛游一生的水，究竟有何所知？」就如我們怎知那燈籠是否已經燃亮了。

一九九零年九月二十六日

以拙勝巧

中國的傳統文化精神，一向與鬥爭沒有多大關係。

大自然妍麗多姿，即管不世妙手，亦難以和她爭妍鬥麗，於是中國畫人將她還原至基本的黑白二色，以水墨去掌握自然的神韻，以墨色深淺不同的層次，利用「無色之色」，將大自然的情態通過以拙勝巧的手法，活現於紙上。

自然千態萬狀，但大師寥寥數筆，已捕捉了她難以名狀的姿韻，幾片迎風飄舞的竹葉，雨露風晴下各具風采，以小窺大，使觀者感到整個大自然的生氣。

在寫畫的過程裏，個人的才情心胸，對大自然的體會，自然流露，決定了畫品的高下。所以中國水墨畫大師輩中，不乏隱士高人僧道之輩，只有揭去矇閉眼目之富貴名利，才能真真正正重歸自然，享受與天地悠悠往來之樂。

在現在這「求巧」的年代，人類日漸遠離自然，愈來愈難明「以拙勝巧」的樂趣，大巧若拙的大自然給繁囂的城市代替，我們回首古人遺墨，只是看着一個又一個遙遠的夢。

今人寫水墨，除了有限幾個驚才絕艷之士外，表現出來的只是沒有靈魂的空殼、沒有血肉的軀體，也表現了這時代的特質。

一九九零年九月三十日

《世紀連綿》的澄清

在報上看到王亭之先生談諾斯特拉達穆斯的預言奇書《世紀連綿》，覺得頗有澄清他幾個說法的必要，這不是說他錯了，而是應進一步弄清楚真相，以免未接觸過該書的朋友誤解。

亭之先生說「法國十六世紀預言家『螺絲叉打馬死』的預言詩，不分章，卻分『世紀』，由第一『世紀』至十二『世紀』，即等於全書十二章。」

據諾氏一五五五年和一五六八年分先後兩部份出版的《世紀連綿》，全書共分十紀，基本上每紀有一百首預言詩，可是有七紀卻未完成，只有四十二首。至於第十紀和第十一紀，他生前曾表示繼續去寫，不過至死的那日仍未動筆。

其次亭之先生說的「可是他的一個『世紀』卻並非一百年，據研究者云，只是五十年而已。換而言之，他一共預言六百年的事」的說法，也與事實有些微出入，諾氏的「紀」應指一百首詩的「百數」而言，而因為他聲言將全書的詩次序完全打亂，所以任何一「紀」也沒有時間限制，第一紀的詩可以説數百年後的事，而事實上也是如此。至於亭之先生説有些人誇言世界末日，卻非常正確，因為連諾氏也沒有在詩中提到「世界末日」。

一九九零年十月十七日

忘記

某君騎着電單車在路上風馳電掣，忽地失去控制，撞往另一線上迎面駛來的車輛，整個人拋往路旁，當場昏死過去。

他給送進醫院，做手術，數天後交通警員來取口供，某君茫然說他不知道自己為何會在醫院裏，警員以為他患了失憶症，卻發覺他甚麼也記得清清楚楚，除了令他躺在醫院裏的那次意外。

這並不是單獨的例子，很多在意外中暈死過去的人，都忘記了那令他暈死過去的事件。

心理學家於是做了一個實驗，就是以「賞與罰」的方法，訓練白老鼠某一項技能，當白老鼠學曉後，以適量的電流殛牠的腦，發覺白老鼠居然完全忘了剛學曉的技能，要勞煩心理學家重新教導。於是他們得出了結論，就是「記憶」是需要一段時間去「凝固」的，正如某君遇上意外，在他把這「意外的記憶」凝固前，已昏死過去，於是這意外再不留存於他的記憶細胞裏，造成對此事失憶的現象。這個情形，對教育應有很大的啟發。

經常被驚嚇責罵的孩子，凝固記憶的過程將受損害，所以一邊教一邊罵是大忌，循循善誘才是方法。

我們若想糊塗，也切勿太清醒使記憶穩固如山。

一九九零年十月二十日

內外

設想這樣一個情景：

有個人站在屋裏，透過露台落地的大玻璃窗，望往窗外秀麗的山景和海景，他完全被外面的景色吸引了，由日出至黃昏，一點也不覺察室內的環境和事物。

太陽沒落地平線下。

黑夜悄然來臨。

有人為那醉心外望的人亮着了燈。

於是，那人再看不見室外的美景，那只是一片漆黑，玻璃開始將室內的情景反照在他的視網膜上，使人忽然間醒悟到室內原來亦有另一個迷人的天地。

我們的腦袋，便像是一塊這樣的玻璃，可以完全投往外在的世界，也可以完全隱進內裏的世界去。內外兩個世界的轉變，使我們一時在這，一時在那。

例如在夢裏，往外去的便路不通行，於是在內世界裏顛倒迷醉，去不如歸。又或當我們發覺那外在世界亦不外如是時，亦會為「室內」亮着了燈，使室內比室外明亮，於是反映出來的，便只有室內的美景。

室外是我們冒險歷奇的地方，室內是休養生息、補充元氣的處所，我們便是那塊分隔內外的玻璃。

一九九零年十月二十一日

生於憂患

英雄是迫出來的。

在太平盛世，一切都循規蹈矩進行，就像一間穩如泰山的大機構內，論資排輩，層層升遷，在這等美好環境裏，英雄哪能有機可乘，脫穎而出？

只有亂世才能出英雄，領盡風騷。

若非蚩尤肆虐，何來黃帝；要非紂王不馴，何有武王不世功業。

整個中國的歷史都是北方勝南方。西北苦寒之地，偏生不世之雄，東南氣候宜人，談文論藝遊刃有餘，說到沙場決勝，便不是那回事。這定律鮮有例外。

不過比較起來，蠻荒塞外的條件，又比中原惡劣，所以雖人數遠遜，仍能縱橫無敵，成吉思汗和鐵木真是這樣立下不朽威名。

據都市調查報告，最健康的人不是那些無所事事或生活優閒的人，反而是那些身居要衝、飽受壓力的人，明乎此理，就不會為生活的重擔而苦惱，誰說得定那不是有益無害的事。

中國人在現代飽受苦難，只希望這些苦難能開出日後盛放美麗的花朵，讓受夠了的我們離開苦難。

一九九零年十月二十三日

致香港藝術館

最近參加一個畫展的開幕禮，從一位藝術家處得悉位於文化中心旁的新香港藝術館，開幕大展將是「當代法國繪畫」，不禁瞠目以對，不明所以。

我曾在香港藝術館任助理館長達十年之久，這期間榮辱與共，所以誠切地希望新香港藝術館能旗幟鮮明地打響頭一炮。我不是說「當代法國藝術」不是一個好的展覽，而是無論在意義上或實行上都不應作為開幕的大展。尤甚藝術館一向標榜「推展香港藝術」，開幕大展應是一個本地和與香港有深厚淵源的藝術家大展，正如文化中心開幕第一場由香港管弦樂團擔綱演出，同具一義。在本地藝術家對藝術館忽視他們而怨聲載道的當兒，請用行動告訴他們，藝術館是重視他們的參與，亦給了他們一展所長的機會，使人感到藝術館和香港藝術是血肉與共的。

我可以想像藝術館主事者會說，本地藝術家的作品將會在新館的本地藝術館同時展出，可是那完全是另外一回事，開幕大展的意義在於藝術家的參與，展出他們最新的作品，激勵士氣，讓他們感到新藝術館是有一種新的精神，跨越了與藝術家之間的鴻溝。告訴我這事的那藝術家的失望，正是對藝術館這決定的一個控訴、一個請求。

一九九零年十月二十五日

開幕大展

將於明年遷往尖沙咀文化中心的香港藝術館，開幕大展已初定為「當代法國繪畫」，我所遇到幾位藝術圈內的朋友，都異口同聲質疑以這作為開館第一炮的意義。據說這開幕展是由一間法國商業機構贊助，假如這是使香港藝術館捨本地藝術家而取法國藝術家的原因，可說是本末倒置了，或者藝術館可公佈展覽內容。

當日我離開香港藝術館時，在我的印象中藝術館基本上已定下了一個以本地和與香港有淵源的藝術家為主的開幕大展，不知為何又忽然改變了主意。或者此展已給推遲往稍後的時間，做其開幕後第三炮、第四炮，但卻無可避免引起香港藝術家泛起被忽視的感覺。

近年來藝術館舉辦的本地藝術家展覽已愈來愈少，個展自一九八七文樓個展外便停了下來，其他展覽一九八八年屬於藏品回顧展性質的「香港水墨」、八九的戶外雕、今年的書法展等等外，便只有當代香港藝術雙年展和獲獎者作品展，此二而為一的展覽，應是屬於類似「歌星新秀大獎」一類的比賽，與資深藝術家無甚大關連，以比例而言，本港藝術家在藝術館展出的機會，實在少得可憐，西方素材的藝術更備受忽略。

這應是香港藝術館挽回藝術家信心的時候了，請由開幕大展做起。

一九九零年十月二十六日

茅山

說起茅山，自然會令人想起精通神術，以符咒治病驅鬼的茅山道士形象，至於茅山究竟是何方名山？則大多人不會深究。

道教符籙派有三大道壇，即俗說的三山符籙。這三大道壇各處一山，「正一宗壇」在江西的龍虎山，「元始宗壇」在江西閣皂山，而「上清宗壇」則在江蘇的茅山。

茅山在江蘇省西南，本來並不叫茅山，因其形狀彎曲，本名勾曲山，後來道家先代猛人如茅初成、茅盈、茅固、茅衷等先後隱修該處，才更名為茅山，道教亦因此發揚光大。東晉時道教在其上建「上清宗壇」，茅山於是聲威大震，成為了道教符籙派的一個代號。

江湖術士行走江湖，每託付於茅山威名之下，以至使人對茅山之名誤會重重，茅山術士幾乎成為江湖騙子的另一個代號，這對於嚴肅正統的道教是非常不公平的。

道教是中國土生土長的宗教，建立植根於中國的文化、醫學和古科學上，與中國人的生活融結為一，成為我們的習俗，無論在傳說、齋醮、修練玄術方面，都有值得深究的地方。

一九九零年十月二十八日

自我陶醉

人是需要自我陶醉的。

面對現實是非常困難的一回事，所以我們大多數人很願意相信生命並不止於墳墓，就像物質的守恆定律，精神一旦存在，便不會消滅，所以各種宗教提供的死後世界，正中人類的下懷。

有些人或者看穿了這只是一些無聊的白日夢，但問題是他們卻沒有更好的代替品，所以連他們也會懷疑起來，或者死亡並非如此沒趣。

說不定「這個死亡」只是「那個夢」的扎醒。

我們不知從何處來，也不知往何處去，是否還有路可去，所有這個世界上的思想和意義也只是人類為了生存下去發明的手段和方便。

在大多數情形下我們都會有以上那種感覺。

可是，當我完成一張畫、寫完一部書，坐在一塊石上俯視大海，或者當你赴他或她的約會，站在華山之巔時，「意義」會像潮水般澆過心靈的大地，使我們感受到生命的燦爛。

這是否一種自我陶醉，抑或生命本身確具有超越生死的意義，並非是個狂人造出來的惡作劇，又或只有死了才醒來的噩夢。

一九九零年十月二十九日

電視製作

去年十二月間，因緣巧合下參與了無綫電視金裝武俠劇《烏金血劍》的劇本創作，期間過程，頗有值得一書的地方。

我們這類習慣小說創作的人，一向關上房門便埋頭造車，一思一字，全是自己腦袋裏的事和手上那支筆的工作，除此之外，便一切無關，可說控制一切，至高無上，但電視劇的集體創作，便完全是另一回事。

首先有所謂「踢爆」，你度出的「橋」，任何在場的人都有權踢爆，只要真理在他那一方，告訴你，那種感覺絕不好受，可以說是一種挑戰，也可以說是一種挫敗，特別當電視要顧及不同的觀眾，要考慮的因素就更多，例如花心的女主角將不為年紀較大的觀眾所喜，你便不能肆無忌憚地去傷老人家的心，諸如此類，不勝枚舉。

其次，電視編劇者多年來已想遍每一種情節，要想找出一種他們聞所未聞的題材，便像在李小龍面前演拳腳，只屬搞笑。他們將武俠小說分為例如「成長」、「除魔」、「尋寶」

諸如此類，無論你如何超卓，也像孫悟空般只能在如來佛的掌心內變化，就是在這種情形下，我提出了幾個建議。

一九九零年十月三十日

烏金血劍

電視上的連載劇是絕不易為的一回事，吃力不討好，在參與《烏金血劍》的故事創作前，我是個局外人，對電視播出的東西自然可以任意貶評，但當成為了創作組其中一分子，勢易時移，便感受到編劇人的種種難處。

例如製作上的問題。度故事的人可以天馬行空，盡情幻想，但卻有可能大部份不能表演出來，這牽涉到成本、人手和場地的問題。在《烏金血劍》裏，主角是活在山林裏以打獵和採藥維持生計的青年，可是在高度發展的今日香港，要找一片原始的樂土真是難比登天。又例如劇中有個大鹽場，在其中至關重要，便又給監製劉家豪先生帶來了難題，其他如若隱若現、出沒無常的一隻兇猛野豹，與主角戲耍的猴子、兔、蛇和馬，都要費上很大的工夫，才能逐一克服。

連載劇被分作二十集、三十集不等，每集便等如一場獨立的電影，一定要有「戲」，有吸引人看下去的重心。而每集均要「有料到」，是絕不容易的一回事，但成敗就在這關鍵上。整體要有「戲味」，單集也不含糊，到了星期五那一集就更要加重彈藥，令觀眾深刻難忘，否則過了星期六、日兩天，善忘的觀眾早將你拋諸腦後。

一九九零年十月三十一日

司馬翎

自幼以來便和武俠小說結下不解之緣，以前是看，現在是寫。

近人談武俠，總是金庸、梁羽生、古龍、溫瑞安，不知為何偏是忽略了司馬翎。

司馬翎的代表作如《檀車俠影》、《劍海鷹揚》、《焚香論劍篇》等正是以事實展示，他的小說水準毫無疑問可列宗匠的境界。當一個小說家能建立自己鮮明的風格，在表現手法、結構和文字都無懈可擊時，你便只可說我歡喜他或不歡喜他，而不能說他遜於何人，這也是大師級的境界，正如你不應說李白比杜甫好，又或曹雪芹不及莎士比亞，只可以說他們是不同的。因個人的情性而對他們有不同的喜好。

司馬翎比起金庸，亦是這樣，我不會說誰優誰劣，但當我看他們的書時，都同樣地吸引着我。金庸偏重於人情冷暖情愛，司馬翎偏重於人性和哲理，與奇詭的佈局。

市面上冒充司馬翎的書數不勝數，只有十來套是出自他的手筆。當你看過他以上三部代表作時，只要多翻其他書兩頁，便能認出他的風格來，包保不會買錯假貨。

司馬翎近十年再沒有出書了，只不知目前是否仍健在？

一九九零年十一月一日

武俠小說

自小便是武俠迷，那時決定租一套武俠小說的標準很簡單，就是翻到書的最後幾頁，看看結局是否美滿，能娶七個八個美女為妻，故是皆大歡喜，若能有一個兩個，也屬不錯。

這也是武俠小說吸引人的地方，就是那種脫離現實的天馬行空，絕不用憂柴憂米，大俠魔頭們做的只是他們喜歡的事，例如爭天下第一、平魔衛道、追尋武林秘笈、被美女癡纏、解開江湖大秘密、報仇，這樣的世界，確是平板苦悶現實裏的桃花源，假如作者功力深厚，真的能令人樂而忘返。

這種武俠的趨勢，亦可見於西方科幻小說的領域，近年來崛起的所謂「劍與巫術」式的小說品種，正是不折不扣的西方武俠小說，只不過中國武俠的內功輕功，被巫術和心靈力量所替代，底子裏還是賣同一樣的貨色。

東西方相似處還在於其長篇性，一集接一集，閒閒地來他四集五集，可見連作者本人也不肯輕易放過自己製造出來的幻想世界。

金庸古龍之後，武俠小說聲勢大不如前，西方式的武俠小說卻是如日方中，如果我們不努力，便會給人迎頭趕上了。

一九九零年十一月二日

籠中鳥

每次看到人托着鳥籠，都為局處其中的鳥兒感不平，為何牠要受這被困籠中的活罪。魚缸中的魚兒雖同樣被困，可是牠卻沒有被剝奪原始的本事——游來游去的能力，但鳥兒卻被擠去了挪去了「飛」的自由，被迫變成殘廢，就像開眼的人被強迫一生戴上眼罩，被奪去了「看」的本能。

而且托着鳥籠的人是如此悠然自得，自覺做着高尚的雅事，以鳥兒的苦難遣興自娛，份外使人觸目驚心，這樣的人類暴行，何時才有終結的一日？

人將鳥兒困在籠裏，只為聽牠們的鶯聲燕語，可謂懷璧其罪。人比之動物，最大的分別在於其思想，所以人若被剝奪思想的本能，是最令人驚懼的事，集權國家裏控制思想的手法，誰能欣然受之？我們推己及鳥，為何不能放牠們一馬，使牠們脫離縱躍不離方片地之苦。

動物園或者比小籠子好上一點，不過亦只是五十步百步之別，自然公園例如美國黃石公園會是較佳的解決方法，在人類稱霸大地時，將部份區域劃出，與動物河水不犯井水，是個令人舒服的理想。

無論人或動物，自由同樣重要。

一九九零年十一月三日

世紀連綿

《世紀連綿》是法國玄學家諾斯特拉達穆斯在一五六八年出版的預言奇書，預言至二十世紀末四百多年來法國本土和世界的大事。

九百四十二首預言詩裏絕不乏令人震撼不已的預言傑作，例如對法國大革命、拿破崙、第一次世界大戰、希特拉和現代科技的描述，都有使人拍案驚奇的應驗，令人對時間歷史的因果關係，產生了撲朔迷離的感覺。

有些人認為所有預言都已發生了的似乎很準，將來的卻含糊不清，其實這是當然的事，因為將來尚未發生，例如諾氏預言詩有一句是這樣的：

「龐大的艦隊集結在阿拉伯海灣。」

這是一句令所有研究諾氏這部堪稱天下奇書的專家們搔首無奈的謎語，首先並沒有「阿拉伯海灣」，而只有波斯灣和阿拉伯海，可是還有甚麼比阿拉伯海灣更能清楚地形容現在風起雲湧的波斯灣和其鄰近的海域，龐大的艦隊自然是指西方國家的聯合艦隊。

諾氏就是如此地準確，若非現實中真的發生了科威特事件，任何人也估不到天下竟有此事，所以將來是永遠若隱若現的，這也增加了閱讀《世紀連綿》的樂趣，通過它對將來作一個尋幽探勝。

一九九零年十一月四日

短篇小說

短篇小說和長篇小說，究竟誰易誰難，確是難有定說，這要看作者本人的才情和客觀條件，不過要寫得引人入勝，短篇長篇均不易為。

以現在的出版情況而論，六萬字以上的小說已可稱為長篇，二十萬字以上的是超長篇了。

短篇中也有超短篇，一千字不到便成了一個小「小說」，可能是針對目前講求速率和快節奏的社會，不過小小說並不易為，要在那樣小的篇幅裏令人拍案叫絕，就若要想個令人笑破肚皮的笑話那麼難，沒有一字可以是多餘的。

長篇小說裏作者可以在起承轉接裏加以輕重鋪排，時緩時緊，高低起伏，造成變幻多姿的情節。可是短篇例如萬來字的篇幅裏，作者卻不容許這樣的閒情，必須由一開始已吸引了讀者的心神，使他知道看下去要追求的是甚麼，情節一環緊扣一環，直到最後再以神來之筆作一令人回味無窮的結局，如此才是一篇成功的短篇佳作。表現的可能只是一個意念、一個意境，若以短篇去表達長篇中人物恩怨相纏的關係，只是吃力不討好。

鹿橋作品《人子》中，「鴟鷹」一篇，正是好短篇的一個例子。

一九九零年十一月六日

風水

有很多人為風水冠以種種神秘的煙幕，其實即管在中國的玄學裏，它也是最有結構性和有跡可尋的一門知識，加上在其發展過程中，玄妙的一面又和實際的需求結合，使到風水學更是豐富多姿。

例如風水有謂在平原之地，高一吋為貴，低一吋為賤，這是因為建屋高處，高亢乾爽，既能免蟲蟻之苦，又在水災時處在較有利的位置，又如藏風聚水，自能避過風沙吹襲，諸如此類。

總括來說，風水學不外「巒頭理氣」四個字兩件事，巒頭指的是環境，大至山川河海，小至一樹一石，遠近的建築，道路形勢，無不可歸入這個範疇裏，是形與勢的平衡和配合。

理氣是方位，通過方位的調節，從而把握自然裏流轉不停的氣運。這種氣運的流轉，是從天時而來，不同的時間裏，有不同的旺方旺位，也有不同的衰方衰位，明白了箇中竅要，便掌握了風水的數理。

有形者是巒頭。

無形者是理氣。

前者我們很易理解，難明的是理氣，古人憑甚麼能以一條簡單數式去掌握神秘莫測的宇宙規律？

一九九零年十一月七日

長篇劇

電視的長篇劇，曾在香港掀起萬人空巷的高潮，今日雖此景不再，但長篇式的劇集始終吸引到一定的觀眾，問題不是出在這種節目的形式，而是內容。

在外國長篇式電視劇也具有吸引力，曾稱雄一時的《星空奇遇記》拍續集一樣大受歡迎，不過《星空》每一集大多有個獨立故事，免去了須集集追看之苦。

長篇劇吸引人的地方自然是觀者感情的投入，與劇中的人物發生血肉相連的精神聯繫，於是會為我們支持的一方擔憂，為惡人受制而高興。

其實在現實世界裏，我們周圍都不斷在上演長篇劇，有些是一期完，有些卻漫無休止地上演下去，結局遙遙無期。我們通過電視、報紙、電台，專題報道去「追」這些劇的情節，在報道的表象上尋求其中的真象，雖然我們悲哀地知道真相永被埋葬在假象之內，但在沒有選擇下我們還是要忘情地投進去。

愈投入愈是顛倒，例如六四期間每一個人都通過傳媒去追現實中的長篇劇，現在亦有中東風雲，究竟是戰是和，侯賽因明天又有何把戲，是高潮還是低潮，現實的情節，作也作不來，尤其是大結局。

一九九零年十一月八日

科學家與政客

做科學的權威是非常危險的事，整個科學發展史正是一個接一個的權威被打倒，無論科學家本身的性格如何、信念如何，只要有新的證據顯示他的理論並不成立，最愚昧的頑固也只可以俯首稱臣。

實驗是檢定真理的唯一標準。

這也是科學可愛的地方，能不斷作自我調節和改正，而整個「改完又改」的傳統已使科學界認識到：進步就是將現有的理論改善或捨棄，捨此別無他途。

真理是經得起考驗的。

而科學證實了是沒有可能也不應有真理，有的只是一種權宜和暫時的理論，等待着被打破，正如愛因斯坦的相對論逐漸被量子力學所替代，終有一日量子力學也被另一種學說取代。

令人痛心的是在政治的範疇內這種精神並不存在，雖然政治已被稱為一種科學。儘管有大量經濟民生數據顯示某一種政治已完全垮台，可是政客仍厚顏無恥地指自己擁有唯一也是最後的真理，強言自己的政治理論最能體驗科學的實踐精神。

豈知科學的進步正在於打破和捨棄。

一九九零年十一月九日

英雄系列

中外的小說家，很多都喜愛以一個人物作為中心，發展一系列的小說，例如福爾摩斯、占士邦。這種方式近年在科幻小說更廣泛被採用，倪匡的衛斯理，我寫玄幻小說中的淩渡宇，都是這類形式的作品，不勝枚舉。

這有好處也有壞處。

好處在於建立了一個受歡迎和愛戴的英雄人物，有一定的性格和喜好，再不用費神去構想，只須安排引人入勝的情節，讓這英雄去解決和面對。而且較易與讀者建立感情，當讀者「愛」上他時，即管有任何錯失，也可以加以原諒。當然，英雄也須規行矩步，保持形象，不能意之所至，隨便行差踏錯。

壞處卻也是數不勝數，首先是愛情線難以發展，總不能要英雄每部小說都愛上不同的女主角吧。其次這英雄是不能死的，一旦死了，系列也告完蛋，於是大大束縛了故事的驚險性和發展。尤其在科幻小說而言，故事發展的束縛更多，雖然有超越時空的機器，但英雄的身份和背景始終不能徹底改變，這對於天馬行空式的科幻小說，自是縛手縛腳。系列小說還有另一問題，就是英雄的變化和成長，試問一個人有了這麼多經歷後，怎能不變？可是很多系列裏的英雄，由始至終都是那個模樣性情智慧。

一九九零年十一月十日

手卷

手卷是中國畫裏一種獨特的形式，體現了中國畫人的精神。

手卷題材多以山水為主，例如黃公望的富春山居圖，便是威震畫壇的傑作，在我們今人的眼光來看，長長的一條山水畫，在枱上只能每次看一部份，即管在博物館裏，有時也要分段展出，遠不及一張掛軸或橫幅來得方便，可掛在家中隨眼觀摩。

可是卻再沒有一種形式，比手卷更能全面性的表達人與自然的交往，和山水畫那種遊山玩水的情意。當畫人深入窮山幽徑，朝雲夕雨，樂而忘返時，放手寫畫，亦只有手卷這種形式能將整個旅程完整地紀錄下來，像寫文章一樣，不再囿於一景一地，而是柳暗花明，變化萬千，長短隨意。

遊記是文字的記錄，手卷是畫家的遊記。

現在手卷已不大流行，一方面手卷有若長篇小説，並不易為，另一方面也因為現代人與自然已日益疏離，感情冷淡，既沒有山水之情，如何有手卷之樂。

不過重看古人手卷，想起石濤的「萬里入無徑，千峰掩一籬」，仍不能不悠然神往。

一九九零年十一月十二日

創造

兩位地球人，坐太空船到了火星，出乎意外的是火星上住滿了各式各樣的火星人，大部份都是他們熟悉的，包括了小說和電影中創造的奇異怪物。

開始時，火星人非常歡迎他們，可是當他們報上地球人的身份時，麻煩來了，眾火星人立時變臉，向他們攻擊起來。

他們恨地球人的原因很簡單，因為他們正是地球人製造出來。當一個小說中的人物被千萬人傳誦和想像時，精神的力量凝聚和投射，將火星人在火星上再造起來，於是各類的小說電影中的怪物在火星上再生過來，造成混亂之極的場面，你說火星人怎能不恨地球人入骨。

這當然是科幻小說中的情節。

不過在現實裏，同一樣的情形亦復如是，例如關公關雲長，因三國演義而留下千古不滅義名，成為家家戶戶的看守神，究之於歷史，他何德何能有如此大影響。又如大聖爺，亦因小說深入人心而變成很多人的神爺，諸如此類，數不勝數。

他們的力量並非來自他們，而是來自小說的塑造，看小說者心靈力量的凝聚，於是他們活過來，在人們的心中活生生地存在。

一九九零年十一月十七日

睡眠先知

日前提到美國的「睡眠先知」艾加基斯，他由藉藉無名的攝影師，變成名震世界的大預言家，其中的過程頗能啟人深思。

艾加一八七七年生於美國肯脫基，起始的志願是想做傳教士，但在二十一歲時候患失聲，當然唯有改變主意。試遍了各式各樣的治療後，他找到了一位催眠師，在催眠下，他自己提出了醫治的方法——就是通過催眠加強喉部的血液循環，居然一舉見效。這時連催眠師也大感驚異，剛好自己胃部不適，便請催眠後的艾加診治，艾加果然提出有效療法，從此聲名大噪，來治病的人門庭若市，這時艾加已能自我催眠，將病者一一治癒，當然也有治不好的，不過只佔小部份。他不是一個貪財的人，所以除了少許車馬費外，並不接受額外的金錢。

催眠後的艾加不但有治病的能力，還作出種種準確的預言，例如華爾街大股災，第二次世界大戰等。但最奇怪的是他談到輪迴和失落文明阿特蘭提斯的問題，使這段地球史上的盲點，突然間又充滿了活力，究竟在我們這個文明出現前，是否存在了更先進的文明？

艾加的例子告訴我們，科技有時而窮，但人類潛意識藏有的寶庫卻是深無盡極。

一九九零年十一月十八日

古琴

古琴便若中國其他的文化寶貴遺產，代表着一個過去了的時代。例如中國畫，用慣原子筆的現代人，對於筆情墨趣，自然有格格不入的感覺。城市色彩繽紛的世界，與手筆寫出墨彩世界便像兩個不同的墨球，不同生物眼中的天地。

古琴也免不了這個命運，儘管只要你準備充足，全心全意去留心聆聽琴弦發出的聲音，一定能進入那典雅閒逸的音樂境界裏，可是要叫生活匆匆，節拍強快的現代人提起這份閒情，卻是難之又難。

古琴有七條弦，以絲造的弦音色最佳，彈奏的技巧和難度遠遠超出箏。在電視的古裝劇集裏常見有美女奏琴，可惜配樂的人總是配以箏的音響，這是古琴沒落的又一明證。

古琴聲音不大，在香港的市區內彈奏，即管將家中所有收音機關掉，只要街外一陣車聲，便可將琴音掩蓋，而古琴音一通過擴音器便失去味道，錄音時又會錄下指甲刮弦的聲音，這種種都造成古琴難以流行。

但古琴無可否認是中國音樂的精粹，只要你還能提起那份閒情。

一九九零年十一月二十日

執着

朋友説不敢養寵物，因為害怕建立起深厚的感情時，一旦生離死別，自討苦吃。

這令我想起人生，人自到世上來，每天也與周圍的眾生建築着深深淺淺的感情聯繫，對他的親人、朋友、國家用情日深，既已誤墮塵網，何能自拔。

佛陀正是因目睹生老病死的人世苦海，才提出離苦得樂的無上妙方，就是認識到這一切我們執之為真、執之為生命全部的一切，只是個虛設的幻象。

你或者會説，這若是一個幻象，請讓我割你一刀，看你痛不痛、血流不流？

豈知痛和流血只是因「人」而存在，而生命像一個夢般的短暫存在。我們「以為」自己看到是個客觀存在的現實，其實那只是眼耳鼻舌身意合作弄出來的主觀幻象，若我們執着那是真理和全部，只是迷途不知返的小羊兒，但問題是我們除了通過「人」這個方式去了解世界外，再無他途，所以人一出生便注定了「一條死路」。

這或者是個悲觀的看法，但卻是個赤裸裸的實際看法，當人面對現實時，便無法不認識到現實的真象，但若能有莊子對人生的三分瀟灑，生命將好過得多。

一九九零年十一月二十一日

成見

有位學富五車的名教授，往見一位道行高深的禪宗大師，希望得到了一點啟示，教授於是來到大師處，詢問有關生死和生死之外的事。大師一言不發，遞來一個水杯，教授自然而然接杯在手。大師又拿來一杯水，開始為他斟起水來，教授心想這大師果是有禮，豈知大師斟滿一杯水，還不停止，於是水溢杯外，令教授一身華服盡濕衣襟。

教授又驚又怒，愕然叫道：「為甚麼？水已滿瀉了？」

大師慢吞吞、悠悠然地道：「你說得對，杯子滿了，自然裝不下其他東西，你若想聽我說話，首先便得將你杯子中的水倒掉，才能裝下其他的東西。」這大概是禪宗當頭棒喝的一種。

人一出生便充滿了好奇心，對這世界縱橫馳想，可是受到社會的壓力，逐漸被「納入正軌」，形成種種成見，年紀愈大便愈不能接受新的事物，就像一杯裝得滿滿的水，哪能容納其他事物，與「有容乃大」背道而馳，於是世界逐漸收窄變小，想像力呼吸馳騁的空間由無窮無盡的宇宙，變成偏見和頑見的方寸斗室，最後窒息在埋葬好奇心的墳墓裏。

一九九零年十一月二十八日

大嶼山

在香港九龍新界城市化的今天，大嶼山仍是一塊大自然賜給我們的青葱樂土。

離島如長洲、坪洲等已變得與市區或新界差別不大，南丫島比較能保持自然一面，但面積少了一點，比港島還大的大嶼山在自然景色上便豐富多了。

那處有感覺上無窮無盡的山，在蜿蜒的山路走上一整天大多數時間一個人也碰不到，使人想起與今天大都市強烈對比的——小國寡民，老死不相往來。那老子李耳心目中的烏托邦。

大嶼山雄起港島西北方，山脈連綿，在縱橫交錯的山路上，有時鬧個小差，便能切進一個令你感到驚喜不已的天地，可能是個瀑布，一池一池的清水，連珠延伸而下，清泉在石上流過，這並不是遊記中遙不可觸的古老夢，而是眼前活生生的現實，尚未污染的水仍在無休止地流着。

這是個使人既享受到現代化帶來的方便，同時又不失大自然空山靈雨的地方。

不過，在可見的將來，這避開塵囂的桃花源終將失守，石濤詩的「萬里入無徑，千峰掩一籬」，將被公路網和高樓大廈所替代，滄海桑田，自古如是。

一九九零年十一月二十九日

紅爐焰上雪一點

話説日本戰國時代，兩大霸王武田信玄和上杉謙信對陣沙場。

戰爭在原野上像失控的野火般燃燒着。

武田信玄例牌地佈陣在山崗上，安坐小櫈，身後書上「不動如山」的旗幟隨風飄揚，自己則輕搖大摺扇，冷冷地藉旗幟的移動，戰鼓聲的起落，指揮着全軍的進攻退守。

當代唯一能與他抗衡的名將上杉謙信，身穿僧服，在敵陣裏縱橫馳騁，忽然間覷準了一個機會，捨去從人，單身衝上山崗，猛虎入羊群般衝到大模斯樣安坐櫈上的武田信玄旁一劍當頭劈下。

武田信玄舉扇一擋，恰好將劍架住。

上杉謙信喝道：「千軍萬馬血肉橫飛中，君有何感何覺。」

武田信玄淡然自若道：「紅爐焰上雪一點。」

上杉謙信嘆服而去。

在這個競爭日大的社會裏，每天也在逞強鬥勝中，如何能在這大火爐裏，勝而不驕，敗而不餒，一片冰心，才是爭勝之道。

一九九零年十一月三十日

好奇心

偉大的生物學家，朱利安．赫胥利曾説，真正的科學精神，就是你「安坐下來，以赤子之心，對着『事實』任意馳想」（sit wondering before the facts like a child）。

小孩子的好奇是真心真意的。

那時我的外甥年紀還小，一天我教他學一種鳥鳴，他感情充沛地學我叫了起來，令我一陣感觸。

他的叫是全面投入的，享受的。當他叫時，他真的當自己就是那鳥兒。但我的叫卻是自覺的，只像在做一項工作，而不能在感情上享受那鳴叫。

人的年紀愈長，入世愈深，愈是失去赤子之心，甚至對小孩充滿好奇心的問話感到多餘和煩厭，成熟的其中一項標準或者便是沒有「多餘」的好奇心。

香港人生活節奏緊迫，大多數人都沒有多餘的時間，又或那種「閒情逸致」，以致難以像赫胥利那樣「安坐」下來，想想眼前千奇百怪的各項事實。又或像莊子那樣知道「以其至小求窮其至大之域，必迷亂而不能自得」、「夏蟲不可語冰」，故此安於無知而「自得」。

豈知莊子正是曾以赤子之心，對事實作出馳想後，才得出這個「自得」，動人處是那過程。

一九九零年十二月三日

耶穌佛陀

這兩位偉大的宗教家，在出生的形式上，有奇異的近似。

佛陀生於印度釋迦族王國，父為淨飯王，母為摩耶夫人。他的出生被附以神話色彩，隱含至淨至潔的喻示，那是摩耶夫人夢見白象入懷，醒來成孕，其後摩耶夫人一天在蘭毗尼園閒遊，舉手採花果時，誕下佛陀。

而耶穌則是處女成孕，窮家女瑪利亞夢見聖神降孕，於是成孕，誕耶穌於馬槽之內。

兩人最大的分異，在於佛陀生於帝王之家，在華麗的園內，而耶穌卻為低下階層之子，在悽苦的馬槽。

這在某一程度上反映了兩個不同地域的社會結構。

他們同是革命家，將最進步的人道精神、宗教精神，灌注進當時的社會結構裏去。佛陀的社會，革命只有來自上層，在種姓社會裏，下層的賤民連思想的權力也被剝奪了，而西方卻代表了由下而上的革新。所以佛陀在當時已取得一些驕人成就，而耶穌卻成為政治的犧牲者和烈士。由下而上並不是那社會所容許的。

佛陀的歷史存在已毋庸置疑，可是耶穌曾否存在仍是個爭論不休的問題。那亦是個非常有趣味性的問題。

一九九零年十二月五日

作文

小時候上作文堂，每次作文時總洋洋大論，將自己平時道聽途說回來的偉大「見解」和「感受」，東拉西扯在一起，名副其實的「作文」。製造出文章裏一個虛假而與己無關的世界，可是完成「大作」後，自己又總會投入其中，當這是反映自己的真實世界。

例如一篇旅行的文章，總說些甚麼目不暇給、樂而忘返、萬家燈火等拾人牙慧的字句，把別人的思想再搬過來。又例如暑假回校的第一篇文，連續十多年都是以「悠長的四十多天假期過去了」為開始，以「我要好好利用未來時光做個好學生」作結，事實上當然是兩回事。

我們的教育或者是慣了不鼓勵內心真正感受，赤裸裸地將自己表達出來恐怕別人受不了，連自己也難以接受。所以每一個人說的都是經過「選擇」、「過濾」、「修飾」這三部曲，誰人做得好，誰表達出來的便更好聽更好看更易「明白」和「接受」。

可是當一個人鄙棄這種方式，看到虛假外殼內的「真理」，大膽指出或說出時，將被摒諸這遊戲的局外，變成「局外人」（Outsider），因為這類「真理」是我們無法接受的，人類只能接受「作出來的世界」。

一九九零年十二月九日

奇異的巧合

一八九八年摩根．羅拔臣寫了一部名為《鐵達沉沒記》（*The Wreck of the Titan, or Futility*）的小說，描寫一艘號稱不沉的豪華遊輪，在處女航時撞上冰山沉沒，人命損失重大。

以上是小說虛構的情節。

在小說出版的十四年後，也是一九一二年，在現實裏一艘名為鐵達尼號的豪華大郵輪，也是號稱不沉巨輪以招徠乘客，在處女航時撞上冰山沉沒，傷亡重大。

巧合還不止此。

小說和現實中海難的時間都在四月，小說的鐵達號載客和船員總數是三千人、救生艇數目是二十四、噸位七萬五千、長度八百呎、三個推進器、撞船時速度二十五海里。

而現實中的鐵達尼載客和船員總數二千二百零七人、救生艇數目二十、噸位六萬六千、長度八百八十二呎、三個推進器、撞冰山時速度二十三海里。

這種驚人的巧合或者令我們毛髮倒豎，又或驚嘆絕倒，不過轉眼便會忘記，因為我們理性的腦袋實在容不下這類打破理性的怪事，那應屬小說的虛擬世界。

一九九零年十二月十一日

語言

語言代表了能言傳的經驗。

愛斯基摩人對雪的形容詞彙，多至二、三十種，而我們對雪的形容詞，卻說不上幾多個，這是因為愛斯基摩人的世界就是冰天雪地，他們對雪的經驗遠超於我們，這就在語言中表現出來。

美國人形容極端情緒喜怒哀樂的詞彙，也遠多於我們中國人，只是快樂便有如 fantastic, superb 等多不可數的字眼，而我們來來去去都是那幾個，這是因為中國人傳統對感情比較含蓄，不那麼擺在外面，這種民族性格也在語言上表現出來。

文字代表了經驗，也代表了我們經驗的範圍和局限。沒有那種經驗，便沒有相應的文字，例如紅橙黃綠青藍紫外，便沒有形容第八色的辭語，只能說紫外光、紅外光，因為我們的眼睛，不能看到這個色譜範圍的色光。在甜酸苦辣外，再沒有第五種味道，因為舌頭的經驗只是如斯。

言。

要了解一個民族，必須了解他們的語言，因為那代表了他們的經驗。語言的豐富，是經驗在不斷開拓深入，有一天當我們真能進軍太空，應有另一種宇宙語言。

一九九零年十二月十二日

扭曲

有一些人每喜為了達到某一個目的，例如外星人曾否來訪地球等，便只去找支持這信念的證據和資料，完全忽視其他否定或反面的證據和論點，以證實外星人真的來訪地球。

這對事實有損無益。

尤其甚者，因着偏見而任意將已存在的資料扭曲，以支持他的說法，徒令識者恥笑，但卻欺騙了對這方面一知半解的人。

英語對這類書有個很有趣的譯法，就是crank，一種扭曲了的幻想。

寫這種書其中一個臭名遠播的例子就以著《眾神的戰車》起家的丹尼根，他將所有古代難解的現象，全扭曲成外星人來訪的證據，以至謬誤百出，例如在〈眾神之金〉中他對一個石刻的頭蓋骨這樣寫道，「是否有外科手術家為史前雕刻家作了頭骨解剖。要知道我們直至一八九五年才發現愛克斯光！」

他是否不知道每一個墳墓裏都有頭蓋骨？

諸如此類，就是 crank 在作祟。

世界雖玄妙難測，但我們卻要盡量以公平的態度對待事實。

一九九零年十二月十五日

了解

假設這世界是全無變化的，生命將不再存在，因為沒有了外來刺激，所有物事一成不變，只是那沉悶便不是任何生命忍受得了。

假如世界是變幻莫測的，生命也將不再存在，因為變幻莫測將是絕對的混亂，沒有一種事物能預估，每一種事物都陷進茫不可測的隨機性去，生命還怎能把握和適應，只能錯亂而亡。

假設一切都是無始無終的，例如無窮無盡的顏色，無窮無盡的聲音……諸如此類，我們便會產生難以選擇的危機。

事實上當然不是這樣。

地球上一切都是井然有序的，日往月來，天空上星體循環不休，但像哈雷彗星一樣，我們能準確測知它的回歸期；地上暑往寒來，天氣預報我們應穿上怎樣的衣服。我們只能看到色譜上某一範圍內的光色，聽到某一頻率的聲音。整個太陽系是個過濾器，人腦又是另一個，造成能被了解和預測的世界。

但這規律是建立在一個變幻莫測、在時間上無始無終、在空間上無涯無岸混亂之極的宇宙裏，那也是我們習慣地球規律所難以了解的。

一九九零年十二月十七日

夢體

「醒來知是夢，不勝悲。」

莊周夢蝶、巫山之夢、南柯一夢，夢總是令人顛倒迷醉，不能自已。夢中的世界，使人感到更「真」也更有意義。因為現實的狹窄囚籠，在那裏再難有用武之地，就像武俠或科幻小說的英雄，到了一個不再工作吃飯而又從不沉悶、多彩多姿的天地裏。

夢的世界是變幻無常的、不穩定的，沒有清晰的時地感，但卻有玲瓏浮突對時地的「感覺」。在現實的生活裏，我們的投入是有保留的、自制的，或甚至乎隔離的；但在夢裏，每一個感覺都是湧至內心的至深處，與夢界乳水交融，甚至分不清楚甚麼是「外」、甚麼是「內」，這種全面的投入，比現實中的我更「真」、更投入。

在夢中，每個人也像赤裸無知的小孩，好奇和渴望地在千變萬化的夢境裏悲喜浮沉、驚悸狂歡。

究竟是否每一個人均有「夢體」，一到深入夢鄉時，夢體更會活轉過來，經歷心靈裏的世界，那遼闊無涯的「內太空」。

夢與現實可以是互相呼應的，也可以是毫無關係的，因為夢體總是與現實的我有血肉相連的關係，悲哀的是愈脱離現實的夢，愈是動人。

一九九零年十二月十八日

世異時移

這個世界在不斷的轉變裏。

在攝影術發明以前，繪畫明顯地多了個「影像記錄」的作用，成為不可或缺的表達方式。但當攝影出現後，這個作用已被大幅度地替代，將一幅畫畫到像相片一樣，只是一種技巧的遊戲。

在昔日音樂和繪畫是藝術領域中的兩大主流，但今天綜合藝術如電影電視，已成為了不可或缺的表現方式，和現代人息息相關。

電影電視將音樂美術攝影等共冶於一爐，成為活的藝術，時代的新潮流。它們一大好處是不再局限在貴族或士大夫的圈子裏，而是每一個人都可以擁有，付出的代價亦小得多，遠不像古時畫畫的難求。

純藝術的繪畫現在化成了小部份人的趣味，看畫展的人數，以香港計，在比例上小得可憐，很少人會留心那個畫家的畫風格如何。在這個高度商業化的社會裏，一切都走向通俗化，只有通俗化才能保證有市場，這似乎已是不能逆轉的趨勢。

純藝術也像純文學一樣，擁護者愈來愈少，這世界正在不斷轉變裏，當社會發展到某一階段，便又會翻起一個新的浪潮，屆時自會有另一番新面貌。

一九九零年十二月二十二日

節奏

香港人已很難有精神和時間拿起古典文學名著，如《戰爭與和平》、《罪與罰》等一類書細看從頭，一方面因時間寶貴，縱使有那個時間，也很難適應這類古典名著緩慢細緻的節奏和描寫。

其他的引誘實在太多了。

電影電視即食式的形式，最對港人胃口。

所以現在的小說或其他題材的著作，都是以節奏明快取勝，正反映了港人的特色。袋裝書的乘時而興，恰是這種心態下的產物。

無論在重量上和質量上，它們都不使人感到是一種負擔，這種方便，使人們可以在地鐵裏從手袋、從手提箱取出來，陪伴他們度過旅程的沉悶時刻。

無論是純文藝也好，通俗文化也好，都反映着社會的心態和需求，香港一切都以高速進行，這種節奏亦當然反映在文化方面。所以無論是小說或電影，一切都崇尚快。

以香港比較台灣或大陸，便可以明顯地看出快慢之別，快的節奏當然有動人的地方，但一個不好，便很易變得浮誇和淺入淺出，尤其九七臨近，朝不保夕的心態更使港人定不下心來，唯有繼續求快。

一九九零年十二月二十三日

書

亞歷山大城是西方文明的一個里程碑。

她大約在公元前三百年開始的六百年裏，逐漸地累積着西方文明頂峰的智慧，是當時文化交流的匯聚點，居民包括了馬其頓、羅馬、埃及、希臘、腓尼基、猶太，甚至乎來自印度和非洲的遠客。

建城者亞歷山大大帝不惜工本地將她變成貿易、文化和知識的中心，城中佈滿了優雅的建築，還有被列為古代世界七大奇蹟之一的大燈塔。

但最能代表亞歷山大城的，卻是傳奇性的「亞歷山大圖書館」，它亦是世界史上第一個真正的科學研究所，在它的書架上，有着當時人類智慧結晶的圖書，裝載了學者窮畢生之力的研究成果，物理學、文學、醫學、天文學、地理、哲學，數不勝數，估計達五十萬卷的龐大數目。

現在留下來的只是模糊不清的零碎殘片，好戰的侵略者無情地將這一切摧毀，假使圖書館能保存下來，人類的文明將不是現在這樣子。

例如當時架上阿里斯塔恰斯提倡日心說的巨著，他的理論便要在二千年後才被哥白尼再次證實，但人類的步伐已慢了二千年。

文化被摧殘令人扼腕長嘆。

一九九零年十二月二十四日

海洋

地球上百分之七十以上是海，但以生活空間計算，比例將遠不只此，因為海洋的每寸空間都是活動的範圍，而陸地卻受地表所限制，當然，若把天空計算在內，陸地幾乎有無盡的活動空間，可是天空亦同樣屬於海洋。

若可以選擇，我會希望生活在海洋裏。

在一本科幻小説裏，主人翁是位訓練海豚的海洋生物學家，他愛好研究海豚的習性，並且訓練海豚去學習人類的本領。

一天，核戰爆發了。

核子塵蔓延至全世界。

海洋生物學家毫不猶豫地拿起水肺，戴上氧氣筒，潛進養海豚的池裏，再打開通往大海的開關，而海豚歡欣地引路，好像説歡迎你到我的世界來，歡迎你學習我的一切。

這生物學家能否如海豚般學習人類的技能那樣去適應海洋，是書外之事，在核戰中除海洋外再無避世的桃源。假設人類真的捨陸地而取海洋作進化基地，我想整個科技文明也不會出現，因為沒有那需要。

只是海洋便能滿足人類的慾望，游泳是另一種「飛翔」。

一九九零年十二月二十五日

快樂

甚麼是快樂？

尼采說：「就是當你感到力量在增長，阻滯被克服的時候。」

滿足和快樂往往給連在一起，可是兩者或非相等。

當你不作他想，覺得眼前的一切已是最理想的時候，那就是滿足，一個得到二獎的人，可以滿足，所以快樂。但即管獲得首獎，假如他心想：「假如能再如此如此便更好了。」那就是不滿足，所以他的快樂也是有遺憾的。滿足是個非常主觀的感覺。

若以尼采為快樂下的定義，快樂應是一種「進步式」的感覺，停滯不前不會是快樂的，這不一定是世俗物質的成功，它可是心靈的邁進。

當我們滿足時，我們會感到海闊天空，甚至地平線也會打橫伸展開去，快樂的力量在內在凝聚和增長，當這增長停下來時，滿足便若春夢秋雲般過去了，只能等待另一個令我們感到不負此生的高潮再來臨。

滿足和快樂並不會不勞而獲的，它們需要我們主動地去配合，就像教徒參神前的齋戒沐浴，當那時刻來臨時，生命將攀上所能抵達的極峰。

滿足快樂是非常主觀的感覺。

一九九零年十二月二十八日

世局

對一些人來說，或甚至社會上大部份的人，衣食住行和生理上的滿足，沉悶時一點點的刺激，七分樂、三分苦，便可使他們不為甚麼不問甚麼而正常地生存下去。

這就是最強有力的「世局」。

因為那屬於社會的主流。

當一個人質問這是否人存在的價值，他會被視為胡思亂想，而且當他被反問除了這些之外，你還能有甚麼更好的提議，這個人便將啞口無言。

為了情？為了愛？為了名？為了利？為了人類的幸福？為了創作？為了作神的忠僕？為了成佛？為了成聖？

你可以揀一種去信，身體力行，可是這卻永遠不會有肯定答案，有的只是宗教式的信仰，你愈是投入，那信仰實現的可能便愈「真實」。但生老病死的五指山仍牢牢操縱着我們每一個人，包括信與不信。

這就是世局。

假設你質疑這世局，你便會變成局外人，不能再毫不懷疑地參與這個遊戲局，可是這局外人卻無奈也無能去改變一丁點兒這世局，因為他亦迷失在一個更大的局裏，存在主義哲學，正是這迷失了的局外人們赤裸裸的想法。

一九九零年十二月二十九日

不變

日往月來，物換星移。

生老病死，來了的去的，文明不斷地發展，社會的觀念架構不斷改變，在我們以為人也在改變時，眼前無數的事例卻在告訴我們，人的本質並沒有改變。

還是那樣的愚蠢。

往昔發生的事，不斷在現今重複着。

人類「自以為是」的本性，令他即管犯錯，也會泥足深陷，不能自拔，以致不斷重作那「指鹿為馬」的指馬者，還振振有辭地形容馬的種種特徵，無視那只是一隻鹿，當權力在誰手中，誰便有權決定是鹿是馬。

當我們以為極權獨裁只屬於過去時，它卻以血淋淋的方式展示在我們眼前。

不要以為這只屬於一小撮人的特性，這種「自以為是」的天性，存在我們每一個人的血液裏，看看你身邊的人，冷眼看看自己，誰肯承認自己想錯了說錯了行差踏錯了，只不過我們不是置身在那重要的權力的核心，所以禍害不那麼大吧。

這使客觀的制度變得不可或缺，人是需要被鉗制和約束的，這正是我們國家最缺少的一項。

所以仍是那麼愚蠢。

一九九零年十二月三十日

角度

當看到一位身材玲瓏浮突的美女時，你可以用不同的方法去看待她。

科學家的角度會看到一副屬於人的生物機器，分子結構，神經，化學作用，血液的成份，骨骼的組成，諸如此類。

但你也可以純粹訴諸感性的直覺，打從心底叫出來道：「噢！這是迷死人的美女。」那是最人性的反應，信息由視覺傳進腦部，然後我們作出反應。

哲學家和宗教家關注的卻又是另一方面的問題，甚麼是「美」，為何有美醜之分，這是否因人類而存在的標準。人是甚麼？何為短暫之美和永恆之美？當他們看到眼前的美麗時，或者會聯想起李白的「君不見高堂明鏡悲白髮，朝如青絲暮成雪」式的傷逝。

這或者就是人生。

我們可以用最負面的方法去看待，就若釋迦將美女解剖，專揀她體內污穢之物強調，從而脫離她的魅力；也可以將最醜的事物以最正面的方法表達，將最有害的東西說成是人類的救星。

誰人掌權，誰便可以將他的角度變成真理。

一九九一年一月四日

前景

人類的前景似乎非常暗淡。

當然，最可怕的將來莫過於人為或自然的大災難，眼前面對我們的問題已是數不勝數，我便愈來愈怕走在街上，噪音的侵襲，污濁的空氣，都使人厭倦，幸而能躲回大嶼山的山居裏，可是這樂土在可見的將來亦會變成另一個鬧市，只要人類文明的發展依循現在的方向發展下去，而亦看不到任何阻止朝這方向發展的因素。

接近工業區的地方如觀塘荃灣等空氣的污染度，早便亮起了紅燈，能放心暢泳的海邊愈來愈少，甚至吃魚也要戰戰兢兢、誠惶誠恐，災禍已迫在眉睫，在這樣的時代裏，試問誰能為人類的將來歌功頌德。

人心的變化，亦使人心驚膽戰，我們常說香港人情薄如紙，但當我們看到在另一個制度下所顯示人性卑劣的一面，不禁熱愛起港人來，人類的尊嚴在強大的專制勢力下喪失殆盡，可是為了生存，那還能顧及到原則。第一次睜眼說謊話可能是使人難受的事，但說了一百次一千次後，不說謊可能亦不習慣。

一位曾忠心執行壽西斯古指令的女記者回到今日的羅馬尼亞，看到自己一手促成的種種後遺症，悔恨得哭了起來，但現代的中國人，連哭的權利也給剝奪了。

一九九一年一月五日

棋局

人說世事如棋。

每一個遊戲，都必須有遊戲的規則；正如棋局裏每一着棋，均有規定的着法，如此才能公平競爭。

每一個社會，亦有種種有形的制度，無形的道德和心理約束，成為遊戲的規則，如此人才知何所遵循，如何玩這遊戲。人與人間，國與國間，人與自然間，都有遊戲規則，那是生命能存在和延續的必需條件。

沒有規則，天下大亂，棋局也難以進行。

可恨是極權者將規則隨己欲任意強加，名為憲法，卻朝令夕改，每一增添加減，都是有利自己成為長勝者。明明已一敗塗地，但他的棋卻可任意縱橫，而你的棋限制日多，好了！若你抗議，便被擯出棋局，連基本捉棋的權利也沒有。

那變成絕不公平的遊戲。

幸好世事亦如棋，每一局都有不同的變化，我們看天上，日往月來，物換星移，大自然教曉了我們沒有東西能恆久不變的，現在沒有規則，不代表明天沒有規則，只要人類自強不息，只要生命繼續存在和延續，便必須遵循遊戲的規則。

這是不能逆轉的自然。

一九九一年一月六日

中樂

我有個很個人的想法，就是東方的樂器較為適合獨奏或小組演奏。大樂隊是屬於西方的，交響樂是非常自然、機械化式的配合，每件樂器就像一個整體裏其中一個部份，配合無間。

但中國歷史悠久的樂器如古琴、洞簫等，尤其不適合雜在樂隊中表現，完全失去了應有的神采，它們甚至不適合在一個音樂廳內，它們是屬於大自然的。

印度的悉他也是如此，一個小組的配合，便已具有圓滿的風範，百人的樂隊是如此地令人難以接受。

日本的尺八、一弦琴源自中國，本身便已自具自足，傲然獨立，不需多餘的配襯。

這是我不喜中樂隊的原因，數十件樂器硬要配在一起，拉雜成軍，使每件樂器也失去了神采。

東西方的文化發展自不同的文化根源，西方文化以組織結構見長，以英文為例，二十六個字母，配成文字，就像樂器配出交響樂，自然而然。

東方文化着重精神境界，樂器亦以表現個人為主，一旦成為團體，便失去了令人感動的地方。

一九九一年一月八日

自尊

自尊在人類行為中所佔的比重，可能比任何人所猜想的還要大。

有關超自然和異常的事物，總是會惹起爭議的，例如氣功、預言、占星術、外星人、心靈感應、人體異能諸如此類，都會引起極端的反應，有人嗤之以鼻，有人深信不疑，言之鑿鑿。

大多數科學家都對這類事物抱否定的態度，而深信者又覺得科學家保守頑固，偏執不移。雙方都各陳其理，強調邏輯思維、證據。而任何一方，也不相信對方會用理性去理解這方面的事物，會有客觀的證據。

這是典型的各走極端、互執一辭。

例如科學界常指宗教阻礙了所有革命性意念的發展，伽理略被迫放棄日心説。可是這豈是宗教獨犯的錯誤，幾乎任何一個新的學説均會受到攻擊，攻擊來自主流理論的保護者，包括了科學界在內。愛因斯坦便反對量子力學，當一個人形成某一種信念時，他便會盲目去守護這理論，因為那種理論與他的榮辱鎖在一起，與自尊變成血肉相連的部份。

我們誰能例外。

一九九一年一月九日

不滯於物

小隱於林，大隱於市。

居住在幽靜的山林裏，而又深心喜愛這種遠離塵俗的生活，在大自然裏悠悠自得，自是容易保持寧靜致遠的心境。

古代隱逸的恬淡自得，如陶淵明「悠然見南山」的境界，只是個可望不可即的遙夢。儘管城市人能偶到深山窮谷之地，感覺煥然一新，卻始終塵緣未絕，隱逸意境難尋。

我們大多數人都為生活營營役役，節目代表了友好相聚、情場漫步、茶樓餐廳、宴會，少有人認為獨坐山林也是其中一種。間中或起遠足之念，也是聯群結隊，呼嘯而去，與山林隱逸的懷抱大異其趣，物質文明使整個人類傾向外在的搜求，忽略了心靈內廣闊的天地。

道家說人的心必須像水流裏此世不移的岩石，過不留痕，水勢愈急愈猛，石反更平滑潤澤。

世事有若水流，每天也沖奔過心靈的岩石，可是我們卻給水流沖得身不由主，滾動中與別的岩石碰撞得遍體鱗傷，留下了永不磨滅的痕跡，過去的包袱、現在的憂疑、將來的驚懼。但假若我們能在狂水中屹立不倒，不滯於物，避世的桃花源只在方寸之間。

一九九一年一月十一日

丁衍庸

一代藝術巨匠丁衍庸過世轉眼十二年，他的地位，愈來愈被肯定和確認，可惜仍未有人能較全面地為他定位，其中一個原因是他太多劣品傳世，這是由於他性格豪爽，上課時每每隨手塗抹十來二十張，廣贈學生，要從這些作品看丁衍庸，便等於到哈林區去看美國。

丁衍庸一生都被人排斥，這或者是天才卓越和有強烈個性的藝術家的當然遭遇，他在香港為新雅書院藝術系作開荒牛，到頭來只是個任人宰割的鐘點兼職講師。他一生貢獻於藝術，是少有無論油畫和國畫都能成家成派的人物。但當我一九七九年初入代表官方的香港藝術館工作時，在香港藝術館的藏品裏，竟連一張他的作品也沒有。

丁衍庸死後藝術中心立即為他舉行回顧展，官方的香港藝術館卻一點表示也沒有。似乎被拒於官方機構之外，是他一生人的寫照。這幾年香港藝術館以比當年多十倍二十倍的價錢來購買他的作品，證明了目光如豆的官僚浪費納稅人金錢的事實。

正如有人曾說，沒有人會記得梵高在生時是誰當文化部長，這句話也適用於丁衍庸身上。

一九九一年一月十二日

貧困

有些人看完《楢山節考》後，心中很不舒服，戲中敍述為了節省糧食，老年人給揹上山去，自生自滅。片中所見到的，已是美化了的死亡，在現實中，在不同的時代和地域裏，曾發生的事令人更不忍卒睹。

在哥連端布《山民》一書裏，描述第二次世界大戰後一個原始部落被非洲某地政府驅離原居地，來到一個貧瘠不毛的地方，原是獵人的他們，被迫當上農夫。他們在性格上出現了極度的轉變，兒童被餵養至三歲，便給驅趕離家，自力更生，老年人任其餓死。其中有個滿三歲的小女孩，驅離家後不斷回來找尋父母的愛護，最後父母「忍無可忍」，將她關起來直至餓死。政府派發救濟品，搶到食物的人不待回家便狂吃起來，飽到嘔吐，吐完再吃。在極度貧困裏，每一個人都表現了人性最卑劣的一面，徹底的自私主義。

但他們的苦況誰應負上責任？

這令我想起現今神州大陸的情形，極度的官僚主義制度下，有些人為了生存，或為了好一點的生活，亦是無所不用其極，表現了人性自私自利的一面。

誰應負上責任？

一九九一年一月十四日

人工智能

十多年前，有人對我說，電腦將會成為這世界最重要的東西，只要能控制電腦，便能控制一切。

那時聽來只像耳邊風，因為電腦並不普遍，只是屬於政府和大型商業機構的專利品。但短短十多年後的今天，電腦已像擴散的細菌般，到了每一個角落，而這種趨勢是有增無減。

在科幻小説和電影裏，我們看到可能的噩夢是電腦奪得了獨立思考的能力，反過來對付人類，而人類則全非敵手，任由宰割。

那像離得我們很遠，我們會説機器畢竟是機器，怎能像有生命的人那樣思想，只要我斷去電源，電腦便不能有所作為。

科學家現在可以輕而易舉製造一副可以應付簡單情況的電腦人，例如負責守衛一個地方，只要有人不遵循某一程序進入便可以發動攻擊。這麼看來，電腦已達到受訓練犬隻的能力，而這種人造智能正在以驚人的速度發展着。

人類便像個玩火的小孩，有能力去生起一堆火，卻沒有能力和那種成熟度去阻止火變成災。核子動力是其中一個例子，電腦不幸亦有這種傾向，而當人愈倚靠電腦時，所造成的傷害亦愈大。在可預見的將來，電腦罪犯的惡行將層出不窮，造成各種災禍。

一九九一年一月十七日

自主

小說成功的其中一個主要條件，就是小說中人物的自主權。

當作者成功地塑造出一個人物的性格、出身、理想和愛慾時，便應割斷背後的扯線，讓這人物順着「自己」的性格去發展，在不同的情節去作出反應，這人物才能變得有血有肉，令人共鳴。

情節可以是絕對地戲劇化，甚至極端和沒有可能中的可能，但人物的反應必須自成其理，合乎本身的情性，若非如此，人物就成了作者的奴隸。

好像後期的古龍，筆下的人物任意變化，時忠時奸，時強時弱，作者意之所至，任意扭曲，寫出來的效果便是使人無所適從，這樣的情形下，讀者要投入自然是不容易。

只有將自主權交回書中人物的手裏，那些人物才能從書中活過來，說他們會說的話，做他們會做的事，絲毫不可勉強。

《教父》的作者寫該書前曾作了兩年的考證和資料搜集，為的是要書中人物不但有他們的性格和哲學，還要有他們的黑手黨手法和知識，否則如何能有真實的感覺，如何有他們的自主權。

現實中也如是，若失去自主權，便只若小說裏的走肉行屍。

一九九一年一月十九日

山水

外國人是很難看得懂山水畫的。

這不但牽涉到文化背景、表現手法、藝術傳統各方面的問題，尤其重要的，是處身環境的問題。

歐美的風景顯然和中國的風景有很大的分別，而山水正是發展自變幻多姿的中國風景。在歐美等地，你可以駕十多小時車，看到的都是大同小異的風光，平原高樹，崇山峻嶺。但在中國，柳暗花明，轉一個彎已是不同光景，令人目不暇給。

所以中國的山水落在外國人眼中，是虛假而不真實的，投入的困難度自然大起來。人傑地靈，不同的自然環境，孕育出不同的文化，整個東南亞區的風情景致也比較接近，所以中國、日本、泰國、印度在精神面貌上亦有脈絡可尋。

中國的山水是易於使人投入的，所以產生了「天人合一」的神秘觀念；西方的山水比較而言卻是與人隔離的，這或者是要「征服自然」意念興起的原因，當然其中還牽涉到錯綜複雜的問題，但地理對人的影響，應是難以忽略。

看一張中國的山水畫，看一張西方傳統的風景畫，那對比是非常明顯的。

一九九一年一月二十日

犯駁

現代的資訊網絡，將世界上各自由先進地方的人聚在電視前，共同作永無休止現實劇的旁觀者，自六四事件以來，跟着是東歐事變，和眼前的波斯灣風雲。在這牽一髮而動全身的政經世界裏，我們不由自主地投入到這濃縮了的電子或報紙雜誌形式呈現出的天地裏。

經過五個多月來的波濤起伏，波斯灣戰爭終於以雷霆萬鈞的空襲拉開了序幕，原本專家估計的中東各大油田被毀，聯軍每小時以百人計傷亡，大量戰機的損失，代之是壓倒性的聯軍初步勝利，當然，戰爭發展下去，傷亡必定增長，尤其是當地面部隊作近身接觸時，但顯然比最初時樂觀得多。

我們常批評電視長篇劇犯駁和不合情理，但現實中的不合情理更使人瞠目結舌。試想若有一個編劇編出以上的第一輪戰況，一定是噓聲四起，難以取信任何人，但現實卻是如此。

這也使我們提心吊膽，擔心上揚了的股市，下跌了的油價，因其他茫不可測的因素而下跌上升。

翻開預測流年命運的運程書，我們看到的盡是合乎情理的政經預告，例如港督小心因過份操勞而染病，世界經濟衰退，豈知世局正往往是「意料之外」。

一九九一年一月二十一日

民為芻狗

出乎所有專家意料之外，當盟軍大舉空襲伊拉克時，幾乎是完全沒有抵抗，所以第一輪空襲的戰機全部安全飛返沙地阿拉伯和波斯灣戰艦上的基地。

原因是伊拉克把所有戰機藏進地底裏。

第一天也沒有導彈發射，不用說能移動的導彈發射台都是東躲西藏，可以塞進地底的便塞進了地底。

於是地面上的部隊在有限的地對空導彈支援下，完全不設防地暴露在盟軍戰機的炮火裏，給練靶似的消滅。

這當然是早已訂下的計劃，顯示侯賽因完全罔顧為他爭取光榮的戰士們的生命，明知如此，仍要死撐到底。

在戰略上這是聰明的，可靜待反擊的機會。跑道炸毀了，可以利用堅固的公路起飛，所以盟軍才急於取得土耳其空軍基地的使用權，以備伊拉克空軍出動時加以攔截。

這使我想起第二次世界大戰時盟軍早破譯了德軍的密碼，所以預知德機將於何月何日大舉進犯英倫三島，但為了不使對方知道己方成功破譯，唯有裝作束手不備，結果人民傷亡慘重，也是出於戰略上的需要。最大的分別是侯賽因可以避開戰禍而不為，英軍方則是無可奈何而為之，受苦的還是人民。

一九九一年一月二十二日

信念

在個人的角度來說，每一個人都是宇宙的核心，因為我們都以己身為視事的立足點，捨此別無他途。

當我們看這個世界時，絕非像鏡子般反照世情，而是一個過濾和扭曲的過程，失真的程度，由我們主觀的信念、情緒、性格等等來決定。

這並不是一個簡單的因果問題，例如我悲觀，而看這世界也悲觀如斯簡單，其中的關係錯綜複雜、互為因果。

因為我悲觀，所以對事物大多抱否定態度，而別人因為我的負面態度而不滿，對我排斥，於是我會認為我悲觀的想法是對的，豈知一切厄運正是由悲觀引起，無中生有。

你或者會說，有時客觀的環境確令英雄無用武之地，當然有這種情形，但奮戰不懈的人自能在至惡劣的環境做到所能達到的最好，而悲觀者卻任由自己腐爛。

信念創造我們世界。

當你相信這世界有神，神便無處不在，你吃塊麵包也覺得自己咬着了祂；你相信有鬼，晚上走路時街角彎處，側旁身後，總像有鬼吊着你；你相信金錢萬能，結果這一生也找不到真正的閒適逸樂。

一九九一年一月二十四日

樹靈

最近為了清理山路兩旁的雜樹，將擋路的其中一棵斬下，只剩地上伸出的兩呎許的一小截，自此每次經過，均發現液汁從斷開處滲出來，從剩餘的樹身流下來。剩樹不但沒有絲毫枯萎的感覺，還使人感受到她傷殘的身體內澎湃的生命力。

她是否在哭？

還是只在以她的形式掙扎求存？

人類第一次以較實在的方式去和植物通訊始於一位測謊專家：那天他獨坐辦公室內，悶極無聊下靈機一觸，將測謊器連接辦公室內一盆室內植物上，然後用種種方法去「虐待」那盆植物，以圖從她的水份升降等等觀察她有何「反應」。他試過把她的葉浸在咖啡裏，拍她打她，對不起，一點反應也沒有。他老羞成怒，心想不如讓我燒了她，當他的腦神經剛形成這想法時，測謊機的讀數針出現了強烈反應，顯示異常的活動正在那株植物體內進行着。這牽起了對植物研究的新浪潮。

她是否讀到人類內心的想法？

近日斷樹樹身已茁長出青綠的嫩葉，再沒有液汁滲出來，她停止了哭泣，以另一種形式表示了頑強的鬥志和生命力。只要有一點根，她也不會放棄。

一九九一年一月二十五日

成功

成功是沒有終站的。

除非成功代表生命的終結，否則那只是整個過程某一階段的一種感覺，或者是別人對你的看法。

一位導演拍了一部全球賣座的冠軍片，攀上了成功的極峰，成為萬人稱羡的對象，可是他還是要靜悄悄地爬下來，等待另一次攀上高峰的機會。他也不能重複自己，因為另一個成功正代表對自己另一個突破。成功是個逆流而上的玩意，每一寸都要付出全身的力量，至此為止的成功代表了令人心碎的另一種失敗。

《教父》一書的原作者馬里奧普索繼後寫的有關美國黑手黨的作品，和令他名震全球的《教父》比較，便像雲與泥的分別，他掙扎到逆水的上游，但卻給沖了回去。

哲學裏有個令人氣餒的意念，被稱為「理想的空格子永不能被填滿」，例如無論我們對大自然如何投入如何享受，如何把大自然當作母親的懷抱，可是當我們置身大自然時，我自歸我、她自歸她，總有一丁點兒不足的感覺，除非我成為了大自然，大自然成為了我，除非感覺到一草一木、自然裏每一個生命，否則如何能進入大自然的境界。成功亦復如是，企盼時魅力無限，真的到了那裏，她自是她，我自是我，何曾有半點增添。奮鬥的過程反最是動人。

一九九一年一月二十六日

笑話

沒有甚麼比笑話更難憑空作出來，尤其是笑中有淚的笑話，更是創作的一種境界。政治笑話尤其動人，因為那代表了在極權統治下不屈的一種抗議，代表了人在逆境裏的嬉笑怒罵。

好的笑片更是罕有，大多是胡鬧一場，強作好笑，離開戲院時也不知道自己為何要進去，即管以活地阿倫之輩，《安妮荷爾》神采一現後便星月再無光，不過已能使人回味無窮。

曾看過一部科幻小說，說及外星人來到地球，每件事也學足人類，唯是沒法笑出來。一天他到了動物園，看見猴子同類相殘，忽地笑得腰也直不起來，他終於領悟到笑的真諦，就是「傷害」。

這令我想起《瘋狂世界》一片裏完場時那大肥婆掉在地上，所有紮着繃帶的人都笑起來，愈笑傷口便愈痛，戲院的觀眾亦因此狂笑起來，因為被笑和笑人的都是被傷害者，那部科幻小說描述的——頗有幾分道理。

政治笑話的笑中有淚，亦正是一種傷害。悲泣只會使人頹唐不振，但笑話卻能使人心大快，當然，極權政府並不希望提供這類的娛樂，所以當他們板起臉孔要審訊他們眼中的滋事分子時，不准任何人去旁聽，因為怕給人聽去了他們的大笑話。

一九九一年一月二十七日

表達方式

在小說裏，有人喜歡以「我」來述說故事和作為引發所有情節的主角，這種第一身的表達方式，好處在於更容易使讀者投入，當那「我」是讀者自己，而通過一個人的觀感去看世界，亦較容易協調和統一。

但這種自述性的方式，又或傳記式的作品，對於表達複雜的情節和懸疑卻亦有不利的地方，因為這「我」必需知道每一件須在小說裏發生的事，於是很容易變成不同的人，要將他們的故事告知這個「我」，從而讓讀者知道上文下理、前因後果。

這會使「我」變成全知的上帝。當然，另一種手法就是使「我」變得蠢起來，當全世界的人和所有的讀者都知道答案時，作者卻使那「我」依然堅持他的愚蠢。

以第一身作主角的手法，在情節較簡單的短篇小說裏，最能迅速有效地引入和表達意念，造成感人的戲劇性效果。

查實小說創作並沒有一定的成規，任何表達方式也可以造出成功的效果，那只是一個選擇的問題，每個人都有獨特的表現方式，可是若對表達的方式不理解，便很易陷入進退維谷的境地。

一九九一年一月二十八日

明君

世紀末的偶像都來自娛樂界的紅人，外國如是，香港也如是，因為他們只提供娛樂給我們，沒有影響到我們切身的利益，而在政經界的人，卻少有獲得善終的，民主社會的領袖，固然被極盡冷嘲熱諷的能事，極權社會的獨裁者，更是受盡唾罵。

現代社會已愈來愈難有「明君」出現，在以往只要皇帝老兒檢點一些，知慳識儉，肯聽臣下勸告，少做壞事，國家便會興旺起來，但今天已不是那回事。

單說經濟，你管好自己的國家，但卻不能管別人的國家，而別人的經濟，一樣可以影響和左右你的經濟，任你有十八般武藝，可惜卻沒有一種能應付這種情形。

在古代裏，除非皇帝極度兇殘，否則忠君愛國的思想，仍深植在每一個人的腦裏，但今天的世界已不再是這回事。宗教和道德的凝聚力正徘徊於破敗的邊緣，民族國家的觀念因人口的遷移而日趨薄弱，領袖再不是神而是人，管治起來自然沒那麼方便。

當中央的能力和形象減弱時，見有機可乘者便紛紛奮起而為，八十年代的香港可見黑社會力量的洶湧澎湃，不要以為他們是破壞社會的人，其實他們是大制度的支持者，他們要建立的，正是能在這大制度裏生存的另一種制度。

一九九一年一月三十日

菁華畫苑

看元旦的香港早晨訪問「菁華畫苑」的創辦人馬舜華和馬淑華姊妹，並介紹她們的作品，頗有感觸。她們的藝術生命，代表了在一個高度商業和功利化的社會裏，人對靈性美和精神的追求，就像在一間密封的斗室裏，對能透視外間窗戶的渴想。永無休止的物慾追求，只會帶來空虛和失落，只有精神上的圓滿，才能進入大自然的境界。

馬家姊妹是新一代的藝術家，繼承着中國深厚的文化傳統，創造出自己獨有的風格和面貌，別出機杼。她們原本各自有自己的職業，但在藝術家的妙想天開下，毅然放下一切，創立「菁華畫苑」，教授中國書畫和兒童畫，這十多年來，由最初的三、四人擴展至學員過百的規模，箇中苦樂，確是飲者自知。

訪問裏展示馬舜華的作品《西潮觀瀑》，可見畫者已進入執境寫情的境界，完全擺脫了乃師已故國畫家梁伯譽的影響。

妹妹馬淑華一九八八年負笈海外，專攻藝術，無論技法和畫風上都出現了令人可喜的突破，顯示出畫人的天份和才華。

藝術的道路漫長而遙遠，希望她們能堅持下去。菁華第三屆師生作品聯展，將在二月二十三日一連三天在大會堂高座展覽廳展出六十七人三百多幅作品，不要錯過了。

一九九一年一月三十一日

告別

這是最後一篇在《星島日報》專欄群英寫的小文，經過了半年初試在報上寫專欄的經驗後，我自己告訴自己，這應是結束的時候了。

我天性是不喜循規蹈矩地工作，有時可日以繼夜地學習和工作，但更多時候只在玩電腦遊戲，看科幻和武俠小說，以及在山野間閒蕩。

我辭去了香港藝術館的工作，幹其寫小說的生涯，也是為了追求這種生活。可是寫專欄並不能這樣，你要每天準時交稿，寫作變成一種例行的工作，這和我的性格不大配合。

於是我向編輯請辭，事情就這樣定了下來。

寫這篇稿時是在大嶼山的家居裏，窗外陽光漫天下群山環抱，樹林掩映間可見一小截銀礦灣的沙灘和閃閃發光巴掌大的一片海水，大自然是這樣美麗，真希望她能如此這般直至永恒的盡處。

但我知道這是沒有可能的。

宇宙裏每一樣事物都在變動着，大自然的步伐或者慢一點，但畢竟現在會成為過去，將來並不會是一樣。

正如今天我要在這裏，說一聲再見，後會有期。

【輯三】雜文

未完的故事

楊海強，見義勇為的英雄。

去年七月尾，楊先生途經翠陽苑的時候，遇上一名剛打劫完鐘錶店的匪徒，他立刻奮勇捉賊。可惜，不幸被匪徒的同黨開槍射中頭部，導致下肢癱瘓。

當我抵達醫院時，天已黑齊。

那天的天氣並不好，早前還下了一兩陣霎霎細雨，醫院地下廊道裏堆着一箱箱沒有標誌的雜物，灰白剝落的牆，令人擔心一不注意會闖進不該進去的地方。

我的心情很複雜，要探訪的楊海強先生仍癱瘓床上，這好漢的義行使他付出了無可補償的代價，我除了為他作個歷史的記錄，祈望天佑善人外，還能做些甚麼？

大房裏密麻麻地排滿了病床，我逐個號碼數着，找過了頭又找回來。問題出在我那對不敢正視眼前苦難的眼睛。

這是探病時間起始的剎那，苦候在外的人湧了進來，無奈躺在床上的人勉力爬起身，擴闊視野好捕捉探病親友出現時剎那間的喜悅，那情景令醫院注進了大量的動態，一點的生機。

可是楊海強先生只能仰躺床上，一個手把從天花搖搖晃晃地吊下來，好讓他用還可以活動的右手，藉手把的力量將身體在床上幾寸的地方吃力地移來移去，以免滑下床去。

他的視野是醫院的天花，一處從沒有人肯費神留心注目的地方。

楊太體貼地站在他旁邊，不時給他遞上水和毛巾，還有那不斷遞送的鼓勵眼神，在她含愁的眸子裏，我看到對命運不屈的堅強，她以她的形式，默默地做着另一種轟烈的英雄。

一把風扇在「軋！軋！」聲中旋轉着，在楊先生左邊的小几上將大病房內悶熱的空氣變成風，向他送去。

我的心往下沉去。

公平是否從未在這世界上出現過？

事情要追溯回一年多前，在一九八九年七月二十九日的早上，楊海強先生一如往常般在六時十五分起床，坐車往鑽石山龍蟠苑，與另一位同事會合後齊往秀茂坪嘆早茶，沒有人預料到這會是與以往任何一天不同的一日，命運並不習慣警告世人。

楊先生是位貨櫃車司機，為一間貨運公司工作，這天有兩項工作任務，豈知飲完茶出來，剛坐上車老闆娘便有電話來，說第二項任務臨時取消，這是頗為罕有的事，定下的工作絕少會在這樣匆忙的情況下取消，不過事情就是如此。

楊先生駕車往見老細，告訴他第二項任務取消一事，老細於是給他下了新的指令，就是往黃埔貨運碼頭去搬一座挖泥機往屯門，事情就這麼定下來。

楊先生於是先幹第一項任務，完成後意外的接到另一個指令，說適才取消的任務，又再重新安排在往黃埔取挖泥機運往屯門的工作之後，這些反覆和突變，打亂了工作的程序，並不常見。

十時許楊先生駕着貨車來到黃埔貨運碼頭，在指定的地點見到有待搬運的挖泥機靜靜地泊在路的一旁，可是萬事俱備，只欠那應該候在那裏的挖泥機駕駛員，將挖泥機駛上貨櫃車，好送往城市的另一角落。

苦候至十一時四十五分，那該在個多小時前出現的挖泥車司機依然蹤影杳然。

午膳的時間到了，楊先生由黃埔貨運碼頭步上黃埔花園，在途經翠陽苑時，扭轉他一生的事件在毫無先兆的情況下猛然降臨。

一名男子突然從商場狂奔出來，手上提着一袋東西，往前方逸去，另一名店舖職員模樣的人追着出來，狂呼打劫，所有事發生在電光石火間，一個念頭旋風般捲過他的腦袋，劫匪正在逃走。

這個念頭剛升起，一股熱血湧上心頭，他忘記了危險，忘記了自己，迅速和那追賊的職員聯手向劫匪追去。

義憤在他身體內澎湃着，違法的人應受到懲罰。

在兩人緊追下，那劫匪將手上的東西丟棄路旁，然後轉左切入另一條橫路奔逃。這時和他一同追賊的職員停了下來，撿拾遺棄的財物。

街上的行人避到一旁，任由劫匪逸去。

楊先生忘我地繼續一個人追去，才走了數步，旁邊另一個人閃了出來，一把扯着他的T恤，楊先生駭然望去，見到的是向他伸過來的槍嘴。

在這危急存亡的剎那，他清楚強烈地想到：假設這是真槍，我就必死無疑了。

那人獰笑道：「你多事！」

「轟！」

槍彈從左頸側穿入，擊碎了脊椎神經。

他眼前一黑，昏倒地上，一忽兒後開始感到自己躺在地上呼吸，感到自己可以說話，感到有人為他打電話召救傷車、通知太太，感到記者比救傷車還早來，只是感不到下身有任何知覺。

剩是右手能動，

就像我眼前的他。

在告訴我這些事時，他需歇息多次，遵從醫生的吩咐不停喝水，不停舐那乾涸的裂唇，一邊說一邊喘氣。

躺在床上四百多天的苦楚是我們無法想像的，而且只能用仰臥的姿勢去渡過每一刻鐘，無千無萬的每一刻鐘，形成過去現在將來的一分一秒。我頭皮發麻聽着他細訴其中令人怵然的細節。

這是個無法醒來的噩夢。

醫生告訴他這樣的癱瘓是不能復原的，我卻希望楊先生能以追捕劫匪那大無畏的勇敢，向醫學上的不可能挑戰，人類不能理解的事物數之不盡，人體內潛藏的無窮力量只是其中一項。

楊先生當然希望能回到溫暖的家中，可是只有醫院的設備能勉強應付這等病狀的需求，在醫療人手短缺的今天，楊先生的苦況更是有增無減。

他為社會付出了他的全部，社會又能有何回報？

善心的人早為他捐出了善款，可是那只能維持一段日子，遑論為他的家居添置適當的療養和應付這種病情的設備。

我不敢問他是否後悔這改變了他一生的忘我義行，尤其當我看到他頸上的子彈疤痕的時候。

不過我想這都不是重要的，當一個人義憤填膺，不顧一切去秉持正義，以行動去代替畏縮和空話時，事後的想法已是與此無關。尤其是楊先生正深陷在無邊的苦難裏，他有權作任何想法。

楊太太告訴我她每天早晚一次的探病時間，都來探望丈夫，鼓勵他、陪伴他。

當日她接到路人打給她的電話，告訴她丈夫被槍傷的不幸事，由那一刻開始，生命便以另一種絕不受歡迎的方式進行。

她除了往返奔波醫院和在石硤尾的家外，還要應付家中一子一女的問話。

爸爸何時回家？

爸爸何時和我們去玩耍？

我不敢再問下去，正如我不敢正視眼前的苦難。

殘酷的賊曾指楊先生多管閒事。

那只是劫匪的視事角度。我卻說楊先生絕非多管閒事，假設每一個人都能像他那樣為正義奮不顧身，我們的世界肯定比目前更美好。

這年多來楊先生的病情反覆不定，時好時壞，長期的仰臥使他衰弱不堪，一些普通的小病乘虛而入，背後的肌肉逐寸潰爛，對這我們還有何話可言。

我離開醫院後步行往佐敦道的方向，路上都是探病後離去的人，親友的不幸感染着每一個人，街燈映照下的世界帶着夢幻般的不真實。

馬路上的車輛快速飛馳，與橫越馬路的隊伍無情地爭道，我為在高速行駛中的車子間隙間閃過馬路的冒險者而戰慄。

與楊先生相處個多小時的經驗仍被記錄在我每一個細胞裏，使我感到健康正常是如此令人心碎般的珍貴。假設生命的過程只是苦海中的旅航，那楊先生脫離苦海的彼岸仍是遙不可見。

楊太太堅強地對我說：為了子女，為了丈夫，她一定會竭盡全力去做得最好。

她已在生命的旅途上閃耀着最動人的神采。

楊先生表現了人性尊貴的一面，可是那代價亦不是任何人負擔得起。

在他淡弱的眼神裏，仍殘存着被意冷心灰衝擊下那對生命的熱情和渴望；在他虛瘦的身體裏，滾動着是忘我無私的血液。

在這裏我誠心祝福楊先生早日康復，就像我們時有所聞醫學上的奇蹟異事。

誰能說得定沒有那一天？

楊先生的事我說完了，

你們也剛聽過了，

可是，

他的苦難還只是才開始了一年另四個月。

《常在我心間 1990》，商業電台

萬一鵬的指下世界

他向指墨發展是不滯於物的自然轉化，遵從「心」的吩咐。他的指下世界，有指墨的瘦硬，亦有筆鋒的輕柔，風格獨特。

提起國畫，自然令人想起傳統的寫畫工具：靈巧萬變的毛筆，這已是根深蒂固的形象。所以在二十世紀的今天，當有人捨筆不用，改以紙染、水印、排筆等技法作畫時，便被視為在技法上的破繭而出。其實遠在中國繪畫的萌芽時代，試驗筆以外作畫工具的畫家，已早有先例。

在距今千多年前的唐代，畫史記載了畫家張琦以手代筆，「手摸絹素」，在絹上作畫，可惜作品未能流傳下來，箇中美景，無從測度。到了北宋，以「米氏煙雲」名垂千古的大家米芾，則以蓮蓬代筆，在畫紙上得意縱橫，使人悠然神往。清代的鄒一桂，在《小山畫譜》上記下了以「水法」作畫，但技法失傳，使人難知大略。無論如何，古人亦非墨守不變，只要意之所至，是會作出種種大膽嘗試。當代指墨名家萬一鵬，正是其中一個好的例子。「得之於心，應之於手」，是「指畫」最貼切的詮釋和寫照。試問還有甚麼工具，比「手」更能「直接」地表達出畫家的藝術世界。當然，這是技巧爆棚後才能幹的活兒。

萬一鵬自幼習畫，其父雅堂先生，為一代竹刻名家，耳濡目染下，十歲已能作巨幅山水，後隨趙夢蘇攻研畫藝，到了今天，積七十年浸淫畫事的功力，才能向這罕有人至的藝術領域進軍。

清代中期的名家高其佩，亦是以指畫稱著當時，他的以指代筆，說來有段玄妙的故事。據他自述，他的指藝是得到高人在夢中傳授，這個經驗，給他巧妙地描述在一方印章的印文裏，那是「畫從夢授，夢自心成」，說到底，一切還是從心底裏自然流露出來。

萬一鵬全面向「指墨」發展，已有八年多的歷史，這對他是個不滯於物的自然轉化，沒有一絲毫的牽強，當他想將毛筆束之高閣時，便這樣做了。像先賢高其佩一樣，遵從「心」的吩咐。

以指作畫稱善的前賢，還有清代的蘇六朋、近人潘天壽等，不過無論是高其佩，又或蘇、潘等人，他們的指畫，均以意勝形，較為簡率，又或兼用毛筆，像萬一鵬這樣從一點一畫、題字落款，均純以指技、遂化出畫內繁茂複雜的大千世界——松壑幽徑、疏林遠樹、朝雲夕雨、花鳥人物，便不得不使人嘆為觀止了。

萬一鵬指墨表現出來的世界是變幻多姿的，其實這是頗為奇怪的，因為畫家以指代筆，都是想追求柔軟的毛筆所缺乏那硬瘦朗健的情趣。正如一些畫家以茅草製成的茅龍筆，又或以竹製的竹筆、硬鋒的山馬筆，以至於用破了的禿筆，都是在追求一種剛健的墨趣。但萬一鵬手指下的世界，卻是剛柔兼備，既有指墨的瘦硬，亦不乏筆鋒的輕柔，做成獨有的個人風格。其精微細緻處，使人難以置信是以指墨畫成的。

指畫的技法也是頗多樣化的，有人以指甲背勾、勒、拖為主，線條瘦硬如鐵線，自具一種動人的神韻，這類指畫家，對指甲的修飾便會大為講究，所謂「工欲善其事，必先利其器」，怎樣把指甲修剪到長短合度，便是頭等須關注的大事了。亦有純以指頭作畫，韻味又有別於甲背，較為靈巧多變，線條柔順。查實當畫家進入忘我的創作過程時，那還記得掌心掌背、指甲還是指肉，總之意到手到，畫他個淋漓盡致。

萬一鵬的指畫正是指掌的全線出擊，以拇指抵無名指節，以無名指尖蘸墨寫畫為骨幹，靈活應變，因境施技，時而數指並用，勾揚撇掃、線條疏密有致，龍走蛇遊；墨暈渲染時，左手持盛滿墨汁的大碟，右手迅雷擊電般抓墨落紙，掌拍手印間，乍起乍落，甲肉急運，畫象豁然而成。

正如其題畫詩所說：「天外輕雷，疾風挾雨驟至，頃刻失其遠近，臨池揮指印掌，渾忘法度。」

人法俱忘，才是藝術的真正境界。

萬一鵬能達致今天的藝術成就，曾走了一段漫長的道路。他早年致力於臨摹古畫的工夫，後受乃師勸告，遍遊中國名山大川，天下美景，盡收眼底，畫藝不斷茁長。

他在藝術中第一個突破，發生在國家於水深火熱的時候，那時日寇侵華，他悲憤中放手寫成一幅〈橫行塞北之狼群〉，奠定了豪雄勁放的個人風格。

一九四九年萬一鵬移居香港後，曾舉行多次個展，一九七三年，出任香港中文大學藝術系講師，一九八四年移居加拿大。

萬一鵬的指畫個展，在大會堂高座八樓展覽廳舉行至明天止。有興趣一開眼界的讀者，切勿錯過了。

《明報》一九九零年一月十四日

漫談玄幻小說

「玄幻小說」是科幻小說更上一層樓的發展。

科幻把文學帶進全新的領域，使人類的想像得以任意翺翔，進出於過去、未來、眼前或遙遠的時空和國度，構想任何可能發生的變化與物事，搜探宇宙深藏的秘密。

玄幻在科幻以科學為本的基礎上，展現出另一種新境界，指示人類文明發展的一個可能方向；假設科幻着眼於「外太空」物質科技的馳想；玄幻卻是回首作人類自身的深省，窺探人類心靈內無盡的「內太空」。

早在公元前二世紀，希臘的大作家琉善在《一個真實的故事》中，描寫了人往月球的旅行，是科幻的先驅；可是科幻小說的真正發展，還要等待工業革命和現代科技的興起，始能開花盛放。

科幻小說絕對是屬於這時代的獨有創作形式，呼吸着這時代的清新氣息。

小說是人類思想的體現，與當時的社會的發展息息相關，科幻小說以科學為名，更是和當時的科學理論掛鈎。

所以達爾文的進化論、愛因斯坦的相對論、第二次大戰後的核能發展、宇宙航行、電腦電子、機械人等等，給科幻小說猛打強心針，把科幻帶進它的黃金時代，逐漸從配角的身份躍登自成一格的文學體系，且日受歡迎。

初期的科幻小說，主要在假想現今科技尚未能到達的水平和物事，帶有預言性質，例如法國凡爾納的《海底兩萬里》寫其時仍未被發現的潛水艇、英國威爾斯寫超時空旅行的《時間旅行機》，均為當時的不朽名作。

隨着民主社會的發展、宗教衰落、理想愈趨自由、科幻的領域不斷擴闊，內容日新月異，題材千變萬樣；異星生物、未來社會、奇幻的是外世界、超時間超空間、人類進化等等，無遠弗屆，使人眼界大開，神思飛越。

小說家不再局限在科學的層面上，大膽地跨越了物質世界的屏障，進軍「玄之又玄」的人類精神境界，探索事物的本源和極致、再生與毀滅。

糅合科學與玄學的創作，終於登場，在人類思想的舞台上演出好戲。

這種傾向表現在今日科幻電影中也是非常明顯，例如《2001 年太空漫遊》便描寫人類智能的發展，是基於外生物的導引；《星球大戰》說及一種超越科學的精神力量，是為勝敗的關鍵；《異形》寫一種能吸取人類生命能的外來兇物；《星際奇兵》強調心靈傳感和預覺將來的精神異力。凡此種種，可以看出科幻中玄幻發展的趨勢。

更重要的是，這代表了人類對科技文明的一種反動，重新將人的地位提高，淩駕機械之上。以精神的境界，打破物質的限制，建立以人為中心的天地。

這是玄幻小說獨有的深義。

今天的科學是西來的產物，但說到玄學，中國卻是老大哥。

中國的《易經》、老莊、《黃帝內經》、道家典籍、陰陽術數，莫不是玄之又玄的學說，探討天人間的神秘關係。

「黃易玄幻系列」就是從西方的科幻和中國玄學的基礎上，發展出來別具一格的作品，開創玄幻小說的新天地。

正如愛因斯坦所言：「最美麗的經驗，就是經驗玄秘，那亦是所有真正的科學和藝術的本源和極致。」

《南洋週刊》一九九八年七月二十六日

丁衍庸的獨家製造

如果丁衍庸可以為自己撰寫墓誌銘，大概不會費神去推敲甚麼金言警句，而會大筆一揮，畫一隻他拿手的「一筆貓」，透過貓兒冷眼旁觀仍在人世間苦海浮沉的眾生，作為一生的寫照。

一九七八年的冬天，或許是因為丁衍庸令人猝不及防的辭世，縱然只是回憶，也使我感到鑽入骨髓的寒意。他時年七十六歲，相對其他長壽的畫家，走得實在太匆匆，且是在最不該離開的時候離開，當時他正處於藝術創作的巔峰狀態。三十年後的今天，又值香港藝術館為他舉行大型回顧展的時刻，鏡頭拉遠了，讓我們可以從一個更廣闊的角度，審視他驕人的成就和在中國畫史上應有的位置。丁衍庸成長揚名於中國政治社會動盪劇變的時代，一九四九年來港後更陷於坎坷失意的日子，居港期間從來沒有得到過足夠的重視，但就藝術創作而言，卻保證由頭到尾絕無冷場，精彩絕倫。

早於他十八歲赴日修習西洋畫期間，已顯示出他高瞻遠矚、不耽於一時成敗的拓荒者本色。當時與他精神接軌的，不是所受訓練嚴格的學院派藝術，而是最前衛的西方藝術。具有東方色彩的野獸派大師馬蒂斯，更令他振翅高飛，踏上畫藝的征途。返國後，他成為藝壇耀目的新星，又致力推廣前衛西洋畫的藝術教育改革，贏得「東方馬蒂斯」的稱譽。可是他並沒有被肯定其成就的掌聲樂昏，斷然作出了被視為現代藝術叛徒的決定，回歸中國優美深博的文化母體，在那裏重新出發，拿起毛筆畫起水墨畫來，引致「開倒車」、「得不償失」的嚴苛批評。丁衍庸對這一切置若罔聞，繼續我行我素。

從「東方馬蒂斯」到「現代八大」

在屬於自己的土壤上，他掌握着穿梭過去的神奇寶匙，從八大山人、石濤、金農等明清大家發現了共通的藝術詞彙和精神，就像以前發現了馬蒂斯。這道通往藝術秘境之門一旦給打開了，或許迂迴古遠，卻是漫無止境，過去甚至比現在更貼近他的心靈版圖。返祖行動並不止於書畫，而是窮究金石篆刻、古文物至乎具備了所有藝術表現雛形的原始藝術。他宛如闖入了藝術異次元的新天地，於轉攻水墨篆刻的當兒，亦反過來淨化和提煉他的油彩作品。

創作的百寶箱給掀翻了，傳統的人物、山水、花鳥、草蟲、走獸、麟介，任何題材落入他手中，都被解構成為他丁氏的獨家製造，充盈現代的感覺，洋溢睿智、淘氣和幽默，又帶着某種說不出來的高傲。可以冶艷迷人，也可以返璞歸真。他便如技藝超凡音域跨四個八度的歌者，高似無限，低復無窮，無論如何上攀下滑，至或荒腔走板，但總在他能折枝為劍的功力火候駕馭下，不失其骨子裏透出來的魅惑和即興過癮的感染力。

水墨也好，油彩也好，從通俗的梅蘭菊竹到詭譎的原始符象，由細意經營的京劇人物至筆愈簡意愈遠的一筆畫，事實上，他已征服了所走過遼闊藝術疆域每一寸的土地，只是沒多少人知道。雖然隨着他作品的公開拍賣價節節上升，情況已有所改變。而另一個不爭之實，是「東方馬蒂斯」或「現代八大」的標籤對他再不適用更不恰當。台灣前故宮博物院院長石守謙教授說得好：「最後的丁衍庸，既非八大山人，亦非馬蒂斯，而是在水墨風格體現着『現代』感受的自己。這一點，在現代中國畫史中，特別值得重視。」

突破東西方藝術瓶頸

近年來，「大師」這個名詞被濫用至令它完全失去了應有的意義。能成為「名家」已是難能可貴，遑論大師。而名家與大師間，實存在着一個難以逾越的瓶頸，能否突破由天份才情決定，絲毫沒法勉強，東西方皆如是。中國傳統水墨更講求那超乎物象之外不能言傳的「氣韻」，畫品才是決定高下的標準。「技進乎道」，天人交感，一天未達這個水平，或個人修養不及，便夠不上大師的級數。丁衍庸最偉大的地方，就是不但同時突破了東方和西方藝術的瓶頸地帶，還讓兩個不同的藝術體系產生互動的化學作用，像輪和軸般嵌合推進，將水墨和油畫擴展到全新的象限。從這個角度去看，他的藝術成就實具有劃時代的意義。

自一九四九年移居香港，香港成為他的第二故鄉，他也如從陽光普照的國度轉移往冰封的地帶，這不單指他抵港後舉目無親，生活艱困，更因居港三十年間，一直受排擠和漠視，還有惡意的攻擊和批評。唯一的暖源來自他自身創作的火焰，創作就是生活的全部，其用功之勤，作品之多，近代畫家無人能出其右。他以中入西，以西入中，揮灑自如，玩得花樣百出，痛快淋漓，樂在其中，別人怎麼看怎麼説，根本不放在心上。而在這時期，他的畫藝登上圓熟無瑕的大成境界，其非凡意義，早凌駕於冷待他的藝壇和充滿敵意的掌權者之上。

一位藝術家真正的成就，並不由當時的某某説過就成定案，時間才是絕不含糊的判官，否則梵高就不能名傳後世。是時候哩！讓我們重新檢視丁衍庸在中國畫史上獨特的位置，看到他綻放的異彩。二零零三年，丁氏逝世二十五週年，台灣國立歷史博物館為他舉辦迄今最具規模和全面的大型展覽，展出油畫一百三十四幀，水墨九十九幅，篆刻六十三方。「為全面而有系統的研究奠下基石。」（前香港中文大學藝術系講座教授高美慶女士語）在展覽目錄裏，台灣前蘇富比總裁衣淑凡小姐的撰文結語道：「丁氏把油畫媒材、水墨及印刻互相穿插，激盪出不只是平衡的、甚至是交相互替或彼此關連的發展，終於構成了一套生動的腳本。而通過這樣與歷史的對話，最後演變成他的自我對話，丁氏成功的發展出一種獨特的圖像語彙，足以震古鑠今，歷久而彌新。」

在這樣的歷史背景映照下，香港藝術館於丁衍庸逝世三十週年舉辦他的大型個展，尤具深刻的意義。展期由十二月十九日至明年四月五日，那絕對是能觸動心靈的藝術盛宴，展示的是國寶級天才魔法般的傑作。你仍不相信嗎？眼見為憑，聯接這位值得我們去珍惜的繪畫大師的橋樑已經搭建起來，只待你漫步走上一回。

《信報》二零零八年十二月十二日

午覺冊[1]

猶記得第一次踏足藝術系的畫室，已是三十多年前的舊事。那時並不知丁衍庸是何許人馬，人人以丁公尊之，而他於授課時的示範作品，總會逐一高懸四壁，好一會後方被愛徒們收回儲物櫃內。

坦白說，當時以區區一介新丁的識見，對這些示眾的丁公墨寶並不以為然，總覺失於草率，更看不出高明在何處。所以對丁公歡迎系內任何級別同學參與的畫課，一直敬而遠之。不過也曉得只要丁公駕到，都有大批人恭候桌旁，圍個水洩不通。也從未聽過他把足以令任何人絕倒的說話機鋒轉作教學的用途，只是以身作教，至於諸位仁兄仁姐能學到甚麼，恐怕須靠各自各的修行了。

忽然有一天，藝術系沸騰起來，人人爭前恐後擁到一端的大畫室，搬桌枱椅者有之、安

1　此乃丁公午睡一覺醒來後的神來之作，遂取名《午覺冊》。

置畫紙的有之，一個從未在四樓出現過的情景展現眼前。由十多張長畫桌組成可供拳王們在上面爭霸的大桌台上，攤開了一張廣寬各十多尺的空白畫紙，周圍靠牆處擁滿包括我在內的一眾師姊妹兄弟，儼如等待好戲開鑼。

丁公施施然的來了，口角生春裏談笑用兵，以他半調侃，半吹噓的方式，引得陣陣哄堂大笑下，不費吹灰之力便揮筆成象，寫下一幅扒龍舟圖。人人嘆為觀止，我則看呆了眼。心忖他不但是個大師級的畫家，更是位出眾的表演者。

這才是丁公的真功夫，與平時寫給學生的習作是完全兩回事，也使我對他的看法改變過來，雖然，那時我還不曉得，我只是剛開始認識他。

同一天的晚上，我不知如何隨幾位級友到了丁公在尖沙咀的家去，當我看到懸在畫室他的一副人像油畫作品時，我完全被懾服了。此畫肯定是大師級的傑作，功力不在他欣賞的畢卡索和馬蒂斯之下。我忽然醒悟到坐在眼前者，大有可能是能融合中西藝術最高境界的第一人。

那晚他為我們每個人刻印章，刻刀代替了畫筆，頃刻間化頑石為印藝極品，依然是舉重若輕，不費吹灰之力。他的慷慨令我感動，是夜更吃了他親自下廚蒸製的大閘蟹。不瞞諸位，那是我首次嚐到大閘蟹的滋味，明白到大閘蟹是怎麼樣的一回事。

畢業前，某個大學站美麗的黃昏，忘掉了是巧遇還是當時負起恭送他登車之責，在仍是柴油推動的火車上，「轟隆轟隆」的行車聲裏，我誠惶誠恐向丁公表達了到他家學藝的意願。丁公一口答應，自此每星期我到他家上一堂課。依往常般他作示範，我拿畫稿回去臨摹。也雖然我交的功課總是畫「馬」成「驢」，但與他的相處卻是興致盎然，妙趣橫生。丁公從來都是魅力十足的。

有一天，忽發奇想，去買了一本空白的畫冊，每面可供畫八幅小品，如意算盤是上十六堂課寫滿整冊，然後懷着朝聖的心情到尖沙咀去，跨過門檻便察覺丁公不知是睡眠不足還是質素不夠好，完全不在狀態。我慌忙將畫冊收在他視線之外，力勸他改授課為上床休息。那時天寒地凍，我給他蓋上厚棉被，不片晌他「呼嚕呼嚕」的熟睡過去。我乘機為他整理堆滿儲藏室的油畫，工作不忘娛樂，盡覽群畫，兩個小時，彈指即過。

丁公醒來了！半醒半睡地到畫室坐下，喝口我奉上的濃茶，在我正要告退時，問道：「畫甚麼？」喜出望外的我連忙取來畫冊，厚着面皮道：「畫這個！」丁公不以為意提筆沾墨，寫下一幅蘭蛙圖。畫成的一刻，我和他都愣住了。我不曉得他腦袋轉甚麼念頭，只知自己心裏填滿難以描擬的感覺。丁公「登入」了，那是具有天份才情者千錘百煉下妙手偶得的成果。兩蛙固是形神俱妙，但我的目光卻沒法從斜跨畫面的蘭葉挪開，尤其是稍往回彎去的葉鋒，而此正為畫冊混沌初開的第一筆。丁公「呵呵」笑了兩聲，道：「簽個名就夠哩！」我從未見過他這麼着意自己的作品，怕題字會破壞畫面不食人間煙火般的空靈飄逸。

丁公的精神聚焦了，創作的靈動力如決積水於千仞之谿，逕自揭到下一頁。畫蝦題字。看着書體行雲流水似的從筆鋒傾瀉畫面，他寫字如寫畫的感覺更強烈了。若隱若現的長鬚在水波中蕩漾。充盈畫意的題款，忽然間詩文的內容已是無關痛癢。書和畫再無分彼我。

跟着丁公大演帽子戲法，先讓羊毛筆飽飲淡墨，再沾焦墨於鋒側。就在焦墨擴散同化淡墨前那間不容髮的當兒，筆鋒以迅雷激電的速度命中畫頁。不離紙轉折有致地往右放筆撇掃，形成主體，再勾勒，一尾活力十足的得水魚兒便在畫冊的空白世界誕生。再謙守地置署章於右下小小的一角。以免妨礙魚兒往水深處俯衝的勢頭。

行筆至此，丁公說話不多，大異他平時談笑用兵的作風，卻沒有絲毫從火線撤離的跡象，反畫興愈濃。寫第四幅畫時他的畫速放緩，讓我可以恢復正常的呼吸。上三幅畫都像是電光石火間的發生，這幅他卻是好整以暇，細意經營出虛實相生的兩隻螃蟹，宛如在玩一個筆墨的遊戲，並深深享受其中的過程，畫紙便是他的神秘樂園。

第五幅《鼠瓜圖》，丁公的速度回來了，幾是一揮即就，迅快至令我難以留神。表現出來的雖然純粹是中國水墨的筆情畫趣，但骨子裏卻是西方藝術的寫生技巧，及其不在畢卡索和馬蒂斯之下深厚至不能稍動分毫的素描功力。而此正為丁公與其他二十世紀中國式水墨大師的分異處，於這張畫表露無遺。若《鼠瓜圖》極盡線條的妍態，接着的啄羽小鳥就是一個水墨的畫禪。原來筆墨竟可以臻達如斯境界。小鳥兒俯身低頭啄弄輕盈的羽毛，筆墨的精準變化如造化般的神奇。接踵而至的墨鷹從簡趨繁，動歸於靜，濃墨重筆洩露出卻是當時他閒適自在、旁若無人的心境，還帶點他獨有的滑稽幽默那難以言傳的風格。完成後，丁公道：「牠睡着了！」

終抵冊頁這面的最後一幅畫！我的心不由提到咽喉，看他如何為冊頁封印，畫上完美的句號。但見他拿着蘸滿墨汁的毛筆，虛懸空白畫頁的上方，隨機地任由墨液空降白頁，觸紙、化開，真如丈八金剛，摸不着頭腦。幸好他仍是一副運籌帷幄、胸有成竹的從容神態，我對他的信心才不致減退。

撤筆，畫面留下的是不類物象的點滴遺痕。在我茫不知他葫蘆裏所賣何藥之際，丁公二度出筆，似是無所不能、神通廣大的筆鋒隨象描繪，四頭活潑可愛，姿態無一相同，生動傳神的小雛雞躍現紙上，天人間再沒有隔閡，意趣洋溢，筆墨至此盡矣！直至丁公道：「有一隻眼睛是共用的。」我才從這個始於一葉蘭的神奇旅程重返凡塵。（此《午覺冊》已捐贈予香港藝術館）

是夜我珍而重之捧着畫冊離開丁公的家，像開了竅似的很多以往沒動過千奇百怪的念頭紛至沓來，思潮起伏。我曾盲目相信自己有當個出色畫人的料子，但在那一刻我卻清楚明白自己永遠不能做到像丁公那樣的藝術家，最終我走上不同的路向，恐怕丁公也沒想過會以這種奇異的方式改變他不成材的小徒的未來。

於丁公辭世三十年後的今天，遙思逝去了不能挽回的歲月，一切如在昨天發生。當年我見證了一位繪畫大師於巔峰狀態下的創作歷程，丁公寫下其創作上輝煌一頁的同時，也譜寫了我生命中深刻難忘的片段。

《跨越東西　遊戲古今——丁衍庸的藝術時空》，二零零八年十二月

【輯四】對談

黃易與黃玉郎

黃玉郎，香港漫畫教父，領導畫壇逾四十年，筆下繪出無數膾炙人口的傑作。

黃易，本地近代最出色的小說家，由玄幻到異俠，精彩作品風靡全球華人。

兩個不同業界的翹楚，原來早有合作，《醉拳》、《天子傳奇》等玉郎經典，黃易正正負責故事創作。

早在差不多十年前，黃玉郎將黃易的小說《大劍師傳奇》改編漫畫，回響熱烈，掀起熱潮！此後金庸、溫瑞安的作品陸續被改編出版漫畫。

二零零一年，雙黃再度攜手。將全球最長篇武俠小說《大唐雙龍傳》漫畫化，逾六十冊的小說最終繪成二百五十二期漫畫，連載了近五年。

雙黃配，創意連合融會。在小說迷、漫畫迷之中早已成了信心保證。黃易的小說，始終由黃玉郎來編繪才夠味道。

合作的緣起

合作要講緣份。尤其是兩個獨當一面的大師級人馬。

訪問時所見，兩位大師你一言我一語、一動一靜、舉手投足，默契滿點。

玉郎：黃易替《醉拳》創作故事的時候，已經非常欣賞他的風格，「彼岸」一段滲入玄幻、宗教思想，奇峰突出，新穎破格，讀者十分受落。其後玉皇朝創業作《天子傳奇》也是黃易兄負責故事創作，歷史＋玄幻＋武俠成為我第四部長壽經典的特色，一直沿用至今。

黃易：將作品交予玉郎改編，始於《大劍師傳奇》，玉皇朝是香港漫畫的龍頭公司，出品質素有目共睹，我想沒有更佳的選擇了。

如魚得水，難怪合作關係持續，帶來一部又一部的精彩改編漫畫作品。

玉郎：同黃易合作相當愉快，他很清楚讀者喜歡甚麼，在適當的時候，又會加入新元素，培養讀者的喜好。他的「橋」永遠行前一步，作品風格強烈，創作另闢蹊徑，與他合作，直接提升了香港漫畫故事的質素。

黃易：玉郎是一個很健談的人，你看他訪問時口若懸河，談笑風生可見一斑。跟他度橋，過程絕對是一種享受，他會帶來很多新啟發、新點子、新刺激。

改編的遺憾

黃易的作品，近年活躍於不同媒體，除了漫畫，還有電視劇、電腦遊戲……對於改編作品，原作者到底有甚麼要求？

黃易：當然希望盡量忠於原著！此外，最好可以表達文字背後的想像和深層意義，這才至為重要，不然影像便變得沒有意義。同時，我認為改編衍生出品應該精彩過原著，比文字吸引，這是必須的。可惜大部份的改編都未如理想，不免有點兒遺憾。

玉郎：據我所知，黃易都好體諒製作人，明白其難處和限制。小說裏好些超乎想像的神妙構思、瑰麗雄奇的大場面，老實說，荷李活也未必拍得到。

黃易：所以《邊荒傳說》暫時不考慮授權拍攝了，反而我認為漫畫是最佳的改編媒體，因為漫畫只要有心機，有想像力，憑一支筆就甚麼也可以畫出來，掣肘相對是最少的。

最滿意的一次

玉皇朝多次改編黃易的小説，雖然雙黃合作駕輕就熟，但《漫畫邊荒傳説》總想擦出火花、帶來突破，給漫畫迷驚喜吧！

玉郎：世上沒有永遠成功的方程式，接受意見，與時並進是我的座右銘。《漫畫大唐雙龍傳》出版五年，得到空前佳績，是玉皇朝成立以來四大長壽出品之一，儘管大受歡迎，仍有部份讀友對我們的改編略有微言，這些當然是黃易兄的忠實 Fans 啦！

黃易：我也打趣同玉郎講，是不是畫不到我的場面設計，所以大肆刪略，大改特改!?

玉郎：其實這是關乎到香港漫畫文化，向來着重動作格鬥，文場、政經、戰爭等場面一般都會省減，留多點篇幅武打。但隨着時代轉變，讀者的欣賞指數提升，動作場面官能刺激不再是取悅觀眾讀者的最大元素，所以最新的《漫畫邊荒傳説》採納了黃易兄與其 Fans 的意見，原汁原味零改編，將小説的每個場口百分之百描繪出來。

黃易：看過今次《漫畫邊荒傳説》的稿件，我感到我的小説文字終於活起來！畫面交代到我心目中想表達的內涵和意境，滿意極了!!

玉郎：這也要多謝黃易兄百忙中參與製作，提供許多寶貴的資料和意見，加上手足們一點就明，方可以完美表現出邊荒世界。

最後的歷史武俠

歷史在黃易好幾部作品裏面都佔有相當比重，最初為何會有這樣的構思？

黃易：其實我早期的作品如《星際浪子》、《域外天魔》等等都是玄幻為主，融入歷史的獨特模式真正始於《尋秦記》，開首以科幻入題回到過去，發展下去就是透過知道歷史發展的主角去貫穿整個戰國時代的史實，漸漸形成歷史武俠化、江湖化的一種風格。去到《大唐雙龍傳》，這種風格發展成熟，淋漓盡致，讀者幾乎可以透過主角的經歷，看到隋末唐初政局的變化以及每場關鍵戰役。完完全全將風起雲湧的大時代呈現眼前。而《邊荒傳說》可謂這種風格的極致！《大唐》其實已經寫到好盡，《邊荒》只有再精煉過去的優點，淨化缺點，去蕪存菁。在技巧上來說，《邊荒》是我眾多作品中最好的！所以大概都不會再重複歷史武俠模式了，未來會寫一些新鮮突破的東西！有興趣的朋友可以留意我七月出版的新作。

香港的縮影

《邊荒傳說》故事由一處虛構的地方「邊荒集」作始，一個充滿機遇的九反之地，南北交通貿易的中樞，胡漢政權都想據為己有。相信有看過原著的朋友都會覺得「邊荒集」是香港的縮影，這一點黃玉郎都有同感：「故事中邊荒集要振興經濟恢復元氣，搞了『邊荒遊』，那不就是自由行嗎？」

原來不單止歷史可以融入武俠，生活時事都一樣可以。

《金報》二零零六年五月十八日

與金庸相比，我不善經營

新武俠小說代表人物，出道二十年首次接受內地報紙獨家專訪

作文曾經不及格

成都商報：當下名人都愛借助媒體為自己的事業加分，你為何逆其道而行？

黃易：成名是要付出代價的。這是個取捨的問題，所以當我有足夠的讀者支持，讓我可以從事創作，便心滿意足，安於我鍾情的生活方式。知道自己在幹甚麼，該不算太笨吧？

成都商報：不知道愛寫俠客英雄的黃先生在少年時可有英雄俠客之夢，是否有為人鳴不平的故事？

黃易：我的少年時代和一般少年沒有太大分別。我還有個疼愛我的外公，他是個武俠迷，他租來的武俠小說我全部讀過。至於寫東西，壓根兒不知是怎麼一回事，被逐出校或留級是常事，第一次寫作文就給嚴厲的老師以紅筆批了個不及格的分數，始知作文也可以不及

格，由那時開始，才知原來寫文章是可以寫好一點的。

成都商報：你在香港中文大學專攻中國畫，還曾經獲得藝術獎，後又任香港藝術館助理館長，不知道為何改行寫作？

黃易：香港藝術館的助理館長一職，是一份穩定的工作，我放棄國畫，在於某一刻的明悟，此事詳細記述於一篇有關我老師丁衍庸名為〈午覺冊〉的文章裏。我的第一個武俠創作，是《破碎虛空》，投稿於香港的武俠雜誌，幸運得到刊載，從此開始了小說創作的不歸路。整個過程有驚無險，未試過斷糧，老天爺算是很關照我了。

成都商報：在你的小說中，涉及天文地理、風水歷史，可謂包羅萬象，看得出你的興趣相當廣泛。

黃易：在大學期間，我對精神修練生出興趣，啟蒙老師是位從美國來任教於心理學系的外籍教授，畢業後，我對這方面的探索從沒有停過。我還有很多師傅，學習繪畫、古琴、洞簫、太極拳、掌相、子平八字、風水、道術。玄學和科學的知識，須是長期浸淫，沒有一蹴而就這回事。

武俠的真義是打破平凡

成都商報：你的小說裏呈現出與以往武俠截然不同的觀念，這是經過怎樣的思考？

黃易：我最尊敬的兩位武俠小說大師，是金庸和司馬翎，而我受司馬翎的影響較大，從很多方面都可看到他的影子，當然，再加上我自己的東西，便成了我現在小說的風貌。對一位作者來說，一旦進入小說創作的天地，必須隨機應變，不能只墨守師傅傳授的那一套。

成都商報：你研究過中國傳統儒道佛玄等各種思想，而最終玄學無疑是你作品的思想基礎，為甚麼這樣選擇？

黃易：愛因斯坦說過：「最美麗的經驗，就是經驗玄秘，而這亦是所有真正藝術和科學的精粹。」武俠小說的真義，正在於打破平凡。

成都商報：金庸武俠的最高境界是俠之大者、為國為民，你的最高境界又是怎樣的呢？

黃易：「念天地之悠悠，獨愴然而涕下」，天、地、人，從來分割不開，至於最高境界，或許是勘破天地宇宙的秘密吧！在現實裏肯定辦不到，脫離現實過過癮不正是小說世界最動人的地方嗎？

小說的情色是為了實驗

成都商報：與金庸等人相比，你似乎不太重視經營自己？

黃易：你看得很準，與金庸這位成功的大商家更是不能比較，原因在乎性格，容易安於現狀是我的優點也是缺點，到現在仍不想改變，奈何？

成都商報：談到您的小說，一些非議不得不提，比如其中的情色內容，當然這樣的內容止於《尋秦記》，黃先生為甚麼要將情色內容加入小說之中？

黃易：告訴你一個秘密，我少年時看武俠小說，很愛看男女情事的描寫，但往往是點到即止。為甚麼不可以把界線推過一點呢？或許基於這個心態，加上點實驗性的精神，我在《尋秦記》對男歡女愛有更深入的描寫，但後來就不想重複，修訂的時候更將這些內容刪除，提供另一個選擇。修訂本在香港、台灣地區都賣得不錯。

成都商報：包括《尋秦記》在內的好幾部小說都被改編成了電視劇，你如何評價？

黃易：不滿意，讀者怕也沒多少人滿意！

成都商報：最近在寫甚麼作品？是否會像金庸那樣轉做研究？

黃易：新小說正在構思中，會以一個歷史人物為主角，暫時仍未有定案，可以說它是歷史武俠。金大師去做研究，我當然尊重他的選擇，但我更期望他多寫武俠小說，那將是所有武俠迷最大的喜訊。

《成都商報》二零零九年二月十一日

我是怎樣寫小說的？

黃易談創作：我在創作上一直沒有停頓過

問：您將在內地出十冊的作品精選集，這是您的作品第一次在內地的系統出版。為了此次出版，您是否做過修訂？如果有，修訂比較大的是哪本的哪方面內容？

答：今次在內地第一階段出版的作品，包括最新的作品《封神記》和《雲夢城之謎》。其中特別想指出的是《凌渡宇系列》不論在台灣或香港，均已斷版多年，是我早期的創作，小說技法雖不像後來《尋秦記》和《大唐雙龍傳》般圓熟，於我來說卻是創意誠意十足的科幻作品，實在要多謝上海英特頌圖書公司結集成書。至於修訂方面，有《尋秦記》、《覆雨翻雲》和《大唐雙龍傳》三書，都是在多年前已完成修訂，並不是單為在內地出書而作，修訂較大的是《覆雨翻雲》，希望能精益求精，一新讀者耳目。

問：談到您的小說，一些非議不得不提，比如其中的情色內容，當然這樣的內容止於《尋秦記》，從歷史上看，這樣的內容往往爭議不少，一旦把握不好，還可能被當成低俗小說，黃先生為甚麼要將情色內容加入小說之中，《尋秦記》內地出版時將刪除這些情色內容，你認為會對小說原貌產生影響嗎？而在《大唐雙龍傳》中，卻又呈現出一些顯得很保守的兩性關係，為甚麼會有如此大的變化。

答：作者在小說裏寫甚麼？是一個選擇的問題。告訴你一個秘密，少年時看武俠小說，很愛看男女情事的描寫，但往往是點到即止，變成我的一個情意結。為甚麼不可以把界線推過一點呢？或許基於這個心態，加上點實驗性的精神，我在《尋秦記》對男歡女愛有更深入的描寫，但從來沒因此後悔。不過這只是某一創作階段的心態，後來就不想重複，修訂的時候更將這些部份刪除，提供另一個選擇。修訂本在香港、台灣和泰國都賣得不錯，看來並沒有影響讀者諸君的閱讀樂趣。且修訂早在多年前完成，非是因要在內地出版而特意把情色刪除。較側重情色的描寫只出現在《大劍師傳奇》、《覆雨翻雲》和《尋秦記》內，反映着我近五年的創作的心態歷程，有人認為過濫，我尊重持此看法的人，修訂正是提供他們一個不同的選擇。

問：近幾年，您一直沒有推出新長篇。為甚麼？是一直在構思還是已在創作中，能否介紹一二？

答：我在創作上一直沒有停頓過，二零零六年寫了《雲夢城之謎》，二零零八年是《封神記》，前者字數約四十萬，後者字數達七十八萬，在篇幅上當然不能和近五百萬字的《大唐雙龍傳》相比，但因其故事的性質，我認為小說的長度是適合的，最重要的是過不過得自己那一關，然後才會推出去闖讀者的那一關。現在剛踏進新的一年，我亦開始構思一部新的作品，內容則請恕我買一個關子，可以說的是它是對歷史武俠的一個回歸，但決不因襲，並審慎地尋找說故事的方式，是一部有野心的長篇作品。

問：您曾經說過，自己每次寫出來的作品，只跟之前的自己比較，希望有突破。您現在仍在尋找這個突破，或者是已經有了答案？

答：「我只會視自己為唯一的對手」，乍聽似乎是目無餘子的狂言，實際上則是創作的一種方便，令你不會重複自己，有新的意念才有新的動力，挑戰自己，不住創新。我仍在尋找這個突破嗎？有些事一開始了，便不會停下來，正如我提出過的，創作是有「無限的可能性」。以我最新的兩部作品為例，在《雲夢城之謎》，我結合了遠古的神話和武俠，故意模糊歷史，對前世今生、命運作出深思，希冀找出一種全新的小說美感。《封神記》則是延續《星際浪子》的精神，但跨出的步伐更大更遠，嘗試開創中外沒有任何小說曾觸及的題材，將科幻和武俠作出我認為最完美的結合，寫的是人類被滅絕一億二千萬年後，最後一個人類如何縱橫宇宙和宇宙之外的故事。是否突破？交由讀者作出判斷好了。

問：讀者看您的作品經常會產生共鳴，故事發生在古代，但感覺與現在的事情很相像。您是有意把當下人面臨的問題和困惑寫進去嗎？

答：小說創作是沒有任何拘束和限制的，把小說的時空安置在歷史裏某一波瀾壯闊的時段，為的是與那時代的政經文化結合，就像一艘遠洋船定下起點和終站，至於在航程裏發生甚麼事，則可任由想像力作天馬行空的構想和深思，最重要是能否創造出一個自圓其說的動人天地。從這個角度去看，小說是可以無法無天的。我並沒有蓄意把當下的事物寫進小說去，想到便寫，創作的動力實令人難以節制和保留，有時小說自身的生命張力會反過來控制創作它的人。

問：讀者對作品的評價您會關注嗎？如何看待讀者對作品的批評？聽說《邊荒傳說》裏面，您把卓狂生寫成自己，反擊全世界攻擊自己的人。當初怎麼想設置這樣一個角色，是發洩自己對一些人錯誤批評的不滿嗎？

答：我想沒有作者能不把讀者的評價絲毫不放在心上，我也不例外，褒嗎？自是甘之如飴；貶嗎？米已成炊，不開心白不開心，只好看看將來有沒有可改善的地方。而更關鍵的是讀者真正的愛護和支持，三餐不繼還如何創作？讀者買書來投贊成票，才是作者寫下去的動力。坦白說，我是極少上網看讀者的反應，看過的大部份是朋友轉過來的下載，貫徹我追求簡單生活的理念。卓狂生嗎？罪過罪過，由自己去反擊批評並不適當，那完全是一種小說的手段，是在寫作過程某一時刻的靈機一觸，讓小說的人物與現實世界巧妙地結合，娛人娛己，其目的不在反擊，而在過癮。照道理，不喜歡看我小說者，當然對我小說避之則吉，理該聽不到狂生之言。

問：您原來說《大唐雙龍傳》至少要到一百卷，但卻戛然而止。很多喜歡這部作品的讀者都在推測其中的原因，請您給解釋一下原因吧。

答：這就是理想和現實的落差，在創作《大唐雙龍傳》的某一階段，我確曾奮起這般的雄心壯志，然而小說有時也像歷史般，自有其因果發展的軌跡，不因人們的主觀意志而轉移，小說本身的生命力毫無疑問左右着篇幅的長短，硬要拖下去，我寫得辛苦，讀者看得不爽。

問：您的作品曾被拍成港版電視劇，您是否有與內地導演合作在大陸播出的計劃？如果有想法，您最想和內地哪位導演合作呢？最希望哪部作品首先在內地與觀眾見面？

答：一套由內地某公司製作的《大唐雙龍傳》電視劇集正在籌備中，日後會有公佈，我心中並沒有特定的導演，一切交由製作公司決定，劇本我則有提供意見。

問：您寫武俠小說已二十餘年，您覺得現在是您武俠小說創作的哪一時期？穩定？瓶頸？

答：如果穩定代表停滯不前，那肯定是我不願意見到的。至於瓶頸，瓶頸在哪裏？我看小說創作並不存在瓶頸的問題，只在好看或不好看，能不能令讀者耳目一新，進入小說的世界忘掉一切，苦樂與共。

問：您的書裏，愛情的成份相對少，友情的成份多，書裏環境險惡而缺少金庸作品裏的俠骨柔腸，但多了兄弟間並肩作戰的鐵血豪情和惺惺相惜……您更最醉心於兄弟之情的表達？

答：如果你指的是「篇幅」，那該是對的。投放篇幅的多少，純粹看劇情所需。以《大唐雙龍傳》為例，描述整個大時代的遷變，內則帝國崩潰，群雄割據，外則西域強鄰鷹瞵虎視，要刻劃寇仲和徐子陵從闖蕩江湖到縱橫中外的英雄功業，投放最多的篇幅是必然的事。

但我卻不認為「愛情」在我書中處於次要的地位。說到底，小說寫的是人，與人有關的一切，人與人間錯綜複雜、恩怨糾纏的關係，都是我力圖去表達的東西。

問：您小說的框架總令人佩服不已，大都是勾勒一幅宏大的歷史性畫卷。這種構架小說的能力是不是也需要經常訓練的？

答：我的策略是「由短入長」，先寫短篇、中篇，到有把握和信心，才着手長篇。這和寫畫相似，初學畫時老師怎也不會教你由幾米長闊的大畫開始吧？這可視為一個學習的進程，也可視為訓練。當然可以有例外，不過我的情況確是如此。

問：在創作中，由情節帶着自己走，是很快樂的事吧？是不是比較經常會有控制不住情節之感？在掌控與不能自控之間，有時是不是會有掙扎，有時贏了，有時則輸了？

答：精確點說，該是當作者投入到自己創造出來的天地裏時，每個情節、懸念，都會影響小說後來的發展，形成小說本體生命的張力，又反過來影響思路，是最自然不過的事。快樂嗎？我會隨着小說的高低起伏、悲歡離合而心生變化，苦樂隨之。寫小說或可以馴馬來說明，先要看你選上的是怎樣子的馬，如果是兇悍難馴的野馬，那就要考你馴馬的技術，給拋下馬來跌個腰折骨痛，當然難以為繼。要跑畢全程，必須慎選你力所能及的馬，成敗則交由讀者判斷了。

問：您欣賞Bob Dylan，聽他的音樂或看他的歌詞，會刺激你的創作靈感，可以具體說說麼？除此，您的創作靈感經常從何而來呢？

答：在我心中，卜戴倫（Bob Dylan）是當代的西方詩仙，其啟發性與我看唐詩宋詞類同，卻更貼近我們的生活，配上音樂打鑼打鼓以他獨特的唱腔道出來，更是藝術性娛樂性兼備。要具體說嗎？讓我試譯他一段曲詞：「我遇上一個占卜師，她告訴我小心被雷劈，我久未嘗過和平安靜，久遠至今我早忘掉了那是怎麼的一回事。有個在十字路獨自徘徊的士兵，他的盒裝車正在冒煙，但你不知道的是，沒有可能的事發生了，當輸掉了每場戰爭後，他終於取得最後的勝利。我在路邊醒過來，作着如此離奇的白日夢。」（Idiot Wind, Blood On The Tracks）當你聽過數以百計同級數的歌曲後，對創作怎都該有點幫助吧！靈感來自生活和經驗的總和，心境更重要，那是「靈感之母」。

問：您作品中對天道、武道的表達，對生命真貌的追索為廣大讀者沉迷，這三者，仍是您目前寫作的主要命題麼？有何更進一步的認識？詮釋空間是不是仍無限之大？

答：「反省」和「超越」，一直是我創作的核心信念。當反省擴展至對人類自身存在的深思，要找尋的就是我們未來的出路，中外不少小說電影題材都是着力於這方面。是人與機器的結合？藉人工智能而得永生不死？另一階段的進化？對我來說，無論是武俠或科幻，都是人類在找尋超越自己的可能性，具有積極的意義。在已知的事物有限，未知的事物無窮無盡的處境裏，可發揮的空間肯定是無限大。

黃易談新武俠：我們需要我們這個時代的作品

問：梁羽生先生和古龍都已離世，而無論金庸先生、您，或者溫瑞安先生，近些年都沒有甚麼新作品。江湖顯得越來越冷清。您如何看待這種現象，認為是否會影響到武俠小說的發展？

答：近年來我不是沒有新的作品，在上面已說過。江湖的情況，我只能通過《今古傳奇》雜誌略窺一二，感覺上一個新武俠的盛世正在開展，百花競艷，後來者此起彼繼，亦得到廣大讀者的支持擁戴，這股創作的洪流，我看誰也沒法阻擋的。

問：您認為，在這樣一個充斥着電子遊戲、流行音樂的網絡時代，還會產生武俠小說大師級的作家嗎？

答：恰恰相反，眼前正是最有利的創作生態環境。互聯網的出現，破盡了一切的局限和桎梏，再沒有懷才不遇這回事，便如我在《邊荒傳說》中描述的邊荒集，是為有志氣和本領的人而設的。

問：如何評價內地武俠小說創作？

答：由於認識不夠深入和全面，我沒有資格去評價內地的武俠小說創作。不過江山代有才人出，一代有一代的文學，後浪逐前浪是常規而非偶然，必有更具時代感的作者冒出頭來。

問：您對內地的武俠小說作者了解嗎？有沒有比較欣賞的作者呢？

答：我對新一代武俠小說作家的認識，止於數年前今古傳奇的連載，說不上深入，但卻有良好的印象。他們文筆優美生動，朝氣勃勃又勇於創新，該是大有可為。比較了解的是九把刀，因曾拜讀他寄贈的作品，確是難得的奇才，現已紅爆台灣，我對他是充滿期望的。還有是內地的鳳歌和滄月，他們均是打通了任督二脈的武俠寫手，深明箇中三昧，前途無可限量。

問：您讚賞鳳歌、滄月，最欣賞他們怎樣的特質呢？他們若要成一代大家，最需要歷練的是甚麼？

答：這是一個難題。特質是難以描擬的東西，很難具體說出來。像司馬翎的作品，冒他名的贗品多不勝數，但只要我看十來二十行，便可以絕不含糊地辨別真偽，這該就是特質，相信讀者們也有同感。但司馬翎的特質如何？我確難以用言詞來表達。看鳳歌和滄月的作品，是幾年前武俠雜誌上的連載，印象中他們文筆活潑、構思別出心裁，成型成格。坦白說，創作這回事，旁人是不該說三道四的，必須由自己去尋找，沒有人幫得上忙，可以說的我深信他們全曉得了。

問：您的作品曾被定位於新武俠，但即使現在，提起一些年輕人的武俠小說創作，仍稱之為「新武俠」甚至「新新武俠」。您覺得立足現在，究竟甚麼樣的武俠小說才能稱得上是「新」字？

答：這是個很好的問題。我想若能於三百年後回顧，該沒有新武俠或新新武俠的問題，一切可以年代劃分，便如唐詩宋詞。引起我興趣的是新舊的觀念。我現在去看莊周的寓言，仍只覺其新不感其舊，確是跨越時代的經典，故能歷久彌新。我明白趙小姐要我界定的「新」不是這個「新」，但那似乎該屬日後文史家從一個更廣闊的角度去考慮的問題，那時被規範為通俗文學的武俠小說，或許已變成只有我們這個時代才寫得出來的東西，再不通俗。

問：您對武俠小說創作前景如何看待？現在似乎看玄幻小說的人越來越多。您的作品已將武俠和玄幻結合，未來的武俠小說，是否會跟隨時代，產生其他的變化？

答：武俠只是一種小說的形式，其生存的活力在於不斷隨時代的發展蛻變，亦不該受任何約束。將來會變成甚麼樣子，根本無從猜估。於我來說，不論武俠或科幻，目標都是人類在找尋超越自己的可能性。我們將來的出路，是與機械結合嗎？還是通過科技作生理的改造？另一次天翻地覆的進化會不會忽然降臨？新人類於焉出現。立足於宇宙微塵般的地球上，事實上我們正不住在太空宇航，沒有一刻留在同一的位置，只是我們不着意吧！處於這麼奇異的處境裏，只有人類無遠弗屆的想像力，才可對我們自身的存在作出深思和反省。

問：目前武俠的發展，有沒有困境？有的話，是甚麼呢？「一個新武俠的盛世正在展開」，贊同此說嗎？這個「盛世」中起決定因素的會是甚麼呢？這個「盛世」可能會有怎樣嶄新的面貌？武俠在未來，到底會有一個怎樣的走向？在創新與保留武俠小說的原味之間是不是需要取得一個平衡？另外，您覺得有沒有一個必須一以貫之的武俠傳統精神？

答：二十多年前，我在美國參觀過一個印象派的大展，感覺非常震撼，傑作如林不在話下，最令我感動的是在相同的藝術理念下，畫家的創作力像熔巖般從火山口噴發出來，令我想到每一世代均有其蘊含積蓄的創作動能，問題在能否找到宣洩的出口。科學振興，予人全新的視野，建基於科學原理追求光色變化的印象派遂告誕生，席捲全歐，宛如啟動了聚寶盆，這股洪流誰都沒法擋得住，成為西方現代藝術的奠基和起點。武俠小說也如是，新時代的來臨，作為一種新的小說體裁，武俠小說應運而生，創作的能量被徹底釋放，一時名家輩出，風靡全國，歷數十年而不衰，到古龍、司馬翎、金庸出，武俠小說被推至峰頂。後來者囿困於前輩大師們的框架理念，令武俠小說一度陷入前所未有的低谷，難以為繼，只能往下坡路走。接續印象派的是後印象派，代表大家如塞尚、高更、梵高等，打破了印象派的框框，強調抒發個人的感受，外在的映像轉化為內心的描寫，攀上另一個藝術表現的高峰，開啟了現代藝術百花競艷的局面。藝術創作並不是科學研究，沒有站在巨人的肩膀上去發展這回事。武俠的未來，在於新的理念，新的突破，當我們找到新的出路，創作的動能才可匯聚成流，奔騰出海。值此新世紀開始的時刻，我們需要的，是一個屬於我們這時代的武俠。

黃易談經歷：曾是頑劣少年第一次作文不及格

問：黃先生給內地讀者的感覺是非常的低調，很少接受媒體的採訪，我們看到你的簡介也是從香港中文大學開始介紹起，香港是一個媒體發達的城市，名人也需藉助媒體為自己的事業加分，黃先生為何逆其道而行？

答：成名是要付出代價的，成為萬人矚目的名人，過的更是非一般的生活，這是個取捨的問題，所以當我有足夠的讀者支持，讓我可以從事創作，便心滿意足，安於我鍾情的生活方式。知道自己在幹甚麼的，該不算太笨蛋吧！

問：所以我們也特別想聽聽黃先生在大學之前的故事，不知道愛寫俠客英雄的黃先生在少年之時可有英雄俠客之夢，抑或有打抱不平之故事。在少年時期黃先生是否就鍾情於文本，喜歡的作品有哪些？

答：我的少年時代和一般少年沒有太大分別，幸運的是住在山明水秀的新界區，令我自少和大自然結下不解之緣。還有個痛愛我的外公，他是個武俠迷，他租來的武俠小說我全部讀過。至於寫東西，壓根兒不知是甚麼一回事，用狗屁不通形容絕不為過，學業上則「戰績彪炳」，被逐出校或留級是常事，直到因逃避留級轉到一所新開設的學校念中四，第一次作文就給嚴厲的老師以紅筆批了個不及格的分數，始知作文也可以不及格，由那時開始，才知原來寫文章是可以寫得好一點的。

問：黃先生在香港中文大學專攻中國畫，還曾經獲得藝術獎，後又任香港藝術館助理館長，以先生之天賦與悟性，在藝術上獲得成就當非難事，不知道為何改行寫作？學畫難道並非先生考取大學的初願？或者國畫在香港前景黯淡不足以養家？

答：香港藝術館的助理館長一職，是一份穩定的工作，養家不成問題，故不存在因前途而放棄繪畫的情況。我放棄國畫，在於某一刻的明悟，此事詳細記述於一篇有關我老師丁衍庸名為〈午覺冊〉的文章裏，我在親睹他畫畢畫冊後，這樣寫道：「我曾盲目相信自己有當個出色畫人的料子，但在那一刻卻清楚明白自己永遠不能做到像丁公那樣的藝術家，最終我走上不同的路向，恐怕丁公也沒想過會以這種奇異的方式改變他不成材的小徒的未來。」

問：在您的小說中，涉及天文地理、風水歷史，可謂包羅萬象，可見您的興趣相當廣泛，但這些方面都需要花相當多的時間去學習和掌握，您是如何讓自己迅速了解這些知識，運用於小說之中並使人信服？

答：讓我從頭說起。在大學期間，我對精神修練生出興趣，啟蒙老師是位從美國來任教於心理學系的外籍教授，他是印度某教派的信徒，我沒有隨他信教，卻從他處學習瑜伽和冥想，又看了很多他介紹的書。畢業後，對這方面的探索從沒有停過，閱讀的範圍因着視野的擴闊不斷開展。此外且遍尋名師，在這裏請容我說個故事，便可想見我當時的狂熱。那時我已在香港藝術館工作，聞得有個加拿大籍的星相家在港設館，精準如神，於是直接踩上門去，開門見山道：「你教我星相學便當是為我看星盤，酬金照付。」就是這樣我隨他學西方星學。我還有很多其他師傅，繪畫、古琴、洞簫、太極拳、掌相、子平八字、風水、道術。玄學和科學的知識，須是長期浸淫，沒有一蹴即就這回事。

黃易談境界：武俠小說的真義在於打破平凡

問：在您開始寫小說之時，香港武俠小說正經歷過金庸、古龍、梁羽生的新武俠盛事，金庸是您喜歡的一位作家，但我們發現你一開始寫小說就呈現出與以往武俠截然不同的觀念，這種風格、題材的確立是經過怎樣的思考？甚麼時候才讓你對自己的小說有十足信心？

答：我最尊敬的兩位武俠小說大師，是金庸和司馬翎，而我受司馬翎的影響又較大，從很多方面都可看到他的影子，當然，再加上我自己的東西，便成我現在小說的風貌。對一位作者來說，一旦進入小說創作的天地，宛如踏入少林寺的木人巷，施盡渾身解數才有機會過關，必須隨機應變，不能只墨守師傅傳授的那一套。而做人要謙虛，創作則須信心十足，所以打開始我便不得不信心十足的上路，因為根本沒有退路。

問：您研究過中國傳統儒道佛玄等各種思想，而最終玄學無疑是你作品的思想基礎。作者無疑試圖以作品影響周遭的世界，為甚麼你當初就認為玄學的思想是最能對讀者精神世界產生影響而不是儒學和佛學？黃易的筆名是否也與此有聯繫？

答：愛因斯坦說過：「最美麗的經驗，就是經驗玄秘，而這亦是所有真正藝術和科學的精粹。」於大多數人來說，每天差些兒便是昨天的重複，要在這日常的平凡瑣碎裏追求不平凡，於是我們各師各法，愛情、旅行、玩樂、看書、看電影，為的是從平凡沉悶裏破圍而出，活出生命的姿采。但試問有甚麼比神秘的事物在眼前發生更加令人震撼，例如一艘外星飛船在你眼前下降？當然，只是打個比喻，大概不會發生。玄秘的經驗，或許只有當伽理略首次發現地球並非宇宙核心又或愛因斯坦悟通相對論的一刻。武俠小說的真義，正在於打破平凡。黃易的「易」字來自「日月為易」的易經，那倒是儒家的經典。

問：您稱自己最喜歡的是《破碎虛空》，它似乎來自禪語：明還日月，暗還虛空。我想這也體現了您對境界的理解，然而對很多讀者來說，這樣的境界似乎離現實太遠，為甚麼會如此重視人與天地之間的關係？金庸武俠的最高境界是俠之大者、為國為民，而您的最高境界又是怎樣的呢？

答：甚麼是現實？現實就是我們活在太陽系的一顆行星上，之外是無窮無盡的太空，無數的星系河系。這一切如何開始？如何終結？宇宙究竟有沒有盡頭？盡頭之外又是何光景？已知的事物是有限的，未知的事物卻是無窮。不說其他，宇宙本身便是一個超越了人類理解的奇謎，擁有永恆深邃不可測度的神秘美，只是我們習慣了視而不見。只有當我們像個純真孩童般面對現實神秘的一面，才能以赤子之心去感受我們和宇宙間的微妙關係、感受到生命奇異的存在。「念天地之悠悠，獨愴然而涕下」。天、地、人，從來也分割不開來。至於最高境界，或許是勘破天地宇宙的秘密吧！在現實裏肯定辦不到，脫離現實過過癮兒不正是小說世界最動人的地方嗎？

問：在小說中，對武功的領悟過程就是對人生的領悟過程，我想對您來說，是不是這二十多年來寫作的過程就是您領悟人生的過程，您是如何從身邊的一些小事情中悟出道理然後寫進小說的？經過這二十多年來，您的人生境界相比最初寫小說有了怎樣的變化？

答：當小說創作變成你生活的一個主要部份，自然而然會影響人生。創作背後的思考歷程，是錯綜複雜的，包括了所有的經驗：與大自然的接觸、一本書、電影、旅行，發生在地球上或地球外的任何事，均以不同形式豐富你的經驗，且不是1+1=2那般簡單。比之初寫小說時的自己，現在更追求一種閒適自然的生活方式，卻談不上甚麼人生境界，唯一是睡功練得比以前好得多了。

問：像《尋秦記》、《大唐雙龍傳》、《覆雨翻雲》都是超長篇作品，但這樣的作品在文化快餐時代也給讀者帶來閱讀畏懼心理，畢竟看完這麼大部頭的作品需要很多的時間。同時，寫超長篇作品也將使得作者難以在全局上把握，現在回頭去看，這些作品是否達到了您心目中完美的標準？

答：以賣書而言，我賣得最好的恰是你提出的超長篇作品，似乎顯示在這個文化快餐的時代，宴會仍有市場。世上恐怕沒有完美無缺的事物，我只能盡力而為，成功失敗實非人力能絕對控制，最重要是奮鬥的精神。過程往往比結果更動人，就像戀愛和結婚。

問：黃先生的小說常常百萬字之多，不知道您寫小說的習慣如何？有沒有特殊的講究，是先有主線再一氣呵成或是有了靈感再動筆，一天之中最多可以寫多少字？另外，寫作節奏加快，會不會導致人物和語言的單一化？

答：寫小說宛如沒有特定目的地的旅行，大致定下方向便起程，沿途柳暗花明，一切隨着小說自身的生命力拓展。我試過連續三個月每天都寫近萬字，那是我寫作速度的極限，回想起來仍感可怕。寫出來的東西，當然及不上身心悠閒時的水平。

問：您的好幾部小說都被TVB改編成電視劇並取得不錯的收視率，對您來說，怎麼去看這些被改編的電視劇？

答：不滿意。看過我小說的讀者怕也沒多少個人滿意。

黃易談生活：曾經玩《群俠傳》遊戲到手痛

問：您每天會有固定的時間用來看書或創作嗎？正在看的是甚麼書？

答：完成《封神記》後一直沒有再動筆。現時看書看得很雜，歷史、小說、科普作品，沒有特定的。

問：不知道黃先生最近玩的遊戲是甚麼？能否介紹一下您玩遊戲的故事？現在有很多的

青少年過於沉浸於遊戲之中，黃先生有甚麼忠告？

答：你找對人了。我最近玩一個叫 Fallout 3 的單機遊戲，連續兩個星期每天玩十多個小時，終於左手痠痛不堪，被迫鳴金收兵，千萬不要學我。

補問：您玩根據自己作品製作而成的遊戲嗎？玩的話，感覺如何？不玩的話，為甚麼？您曾連續每天玩十多個小時以致手痛到不能寫字，會有懊悔感嗎？可以說您是老頑童嗎？「惟能極於情，故能極於劍」，這句話是否可以套用於玩遊戲與寫作？

答：黃易群俠傳新鮮熱辣上市的當兒，玩了好一陣子。在線遊戲確有引人入勝之處，特別是進入自己創造出來的世界。真希望最終極的遊戲，是如科幻電影描述般讓人進入虛擬的世界，再分不清甚麼是真？甚麼是假？理論上這該是可以辦到的。至於玩遊戲致手痛一事，如果時間可倒流回開始的一刻，我肯定不會那麼瘋狂，這算是悔不當初嗎？最近有個理論，就是任何技術沒有一萬個小時的艱苦練習，都難以臻達巔峰境界。這或可作為「惟能極於情，故能極於劍」的註腳。沒有點狠勁，怎能精進勵行，技進乎道？

問：您原來是搞繪畫的，看報道說，您看到自己老師一幅作品後，覺得他是天才，於是停止了做畫家的想法。那麼在寫武俠小說方面，您覺得自己是天才嗎？或者說，覺得自己有天賦嗎？

答：說自己是天才或有天賦，只是個蠢才，但我卻毫無疑問我的老師丁衍庸是繪畫的天才，剛好現在他的逝世三十週年回顧展正在香港舉行，我還為他寫了兩篇文章。

問：您最喜歡您作品中哪位女主人公，為甚麼？

答：這是個很難有肯定答案的問題，勉強來說或許是《大唐雙龍傳》的綰綰。「愛你恨你，一生一世」，有寇仲和徐子陵這兩個難得的對手，又是愛恨難分，盡夠綰綰的生命發光發熱。我以白衣如雪，裙下赤足的她牽着叫明空的小女孩，逐漸沒入雪花迷濛的深處作全書的終結，絕非偶然。

問：您最想成為您作品中哪位男主人公，為甚麼？

答：肯定是《封神記》的伏禹，那種失去了所有同類的哀傷、孤獨，那種做任何事都沒有意義的沮喪，卻必須形單影隻的亡命宇宙，於沒有可能中找尋那可能性，使我迷醉其中，到今天仍在作這封神夢。

問：黃先生如今的生活狀態是怎樣的？我看網絡上一直提到您在大嶼山隱居，這樣的生活感覺如何？您的生活理念是甚麼呢？簡單平易？生活中的您，是不是有時仍會感覺壓力？

還是經常能夠在「零壓力」下做夢？

答：生活平靜安逸，能選擇自己的生活方式是一種幸福。我追求的是平凡中見不平凡的生活。在大自然裏，只要你肯以赤子之心去欣賞，會感受到造化的神妙，至乎生命奇異的存在。「問君何事棲碧山，笑而不答心自閒」。這些年來睡覺做夢沒有問題，總算託福。

問：您在許多小說裏有探討「命運」，哪些人物的命運（或哪種命運）是讓您嗟嘆不已的？想請問現在的您，如何看待「命運」？

答：我對命運有個很樂觀的看法。植基於宇宙守恆的概念，生命的能量是以超越我們理解的方式永恆地存在着，所以每一個生命只是永恆裏的一小段插曲，從不同的角度體會生命，在本質上並沒有任何分別。因此小說的世界更是插曲中的插曲、戲中之戲，最重要是看得爽。當然在現實裏，身處局中難以淡然處之，唯一之法是在所處的環境裏逆流奮進做到最好，不負此生。

問：您對天文、歷史、玄學星象、五行術數皆有相當深入的研究，現在還給自己看八字嗎？給別人看嗎？裏面有多少準確？會把風水學用在自己的生活中吧？古琴、洞簫、太極拳……這些技藝會在生活中時常用來自娛自樂嗎？

答：看八字是二十多年前的事，現在連如何起八字也很模糊，也有點蓄意忘掉。當年學習的動機是好奇心的驅使，別人的都忘記了，自己的還有點印象。於我來說，確有一定啟發性，豐富了我對生命的迷思，其準確度難作定論，恐怕也是仁者見仁，智者見智的東西。我選擇現時的居所，是看中它的環境和位置，其他一切都是次要的。投身小說創作後，已少有彈琴奏簫。

問：您在一九九一年成立了黃易出版社有限公司，緣起是甚麼呢？您是公司的CEO吧？料理公司好不好玩呢？沒有寫作好玩吧？

答：我的出版社，只是蚊型的小公司，沒有甚麼CEO可言。出版社的運作由我的太太一手包辦，我則負責躲懶。

問：您喜歡金庸和司馬翎，請分別評說下金庸、司馬翎書中的「俠」，和您自己書中的「俠」好嗎？

答：我看書是偏向直覺和感性，只要能引人入勝，我會廢寢忘餐的追讀，關鍵在小說描寫的人物是不是有血有肉，可否引起共鳴，至乎感同身受，金庸也好，司馬翎也好，總是在不同的小說框架內藉情節的編排刻劃人性，各有各的體會和表達，亦各自精彩，很難作出比較。比起他們，我身為後輩，更不敢和他們比較。

問：如今古龍、梁羽生已去世，金庸年事已高，其他名家也漸漸老矣，是不是常有寂寞之感？

答：有他們的經典傑作陪伴，我怎會感到寂寞呢？

文章見於「掃文資訊」、「搜狐文化」、「360圖書館」等網站。

【附錄】

科玄歷史武俠小説創始人——黃易

採訪：梁天偉、王建慧、郭坤輝
整理及撰文：王建慧、郭坤輝

在九十年代，消閒市場大部份為電影、電視等聲光影像媒體以及漫畫所瓜分，黃易（原名黃祖強，七七新亞藝術）以獨樹一幟的新武俠小説，風靡中港台數以百萬計的讀者，創下了出版史上的神話。黃易神話的出現，不僅因為他的小説徹底打破了現代武俠小説以「俠骨柔情」為中心的基本格局，以電影分鏡的手法，集武俠與玄幻於一身；還因為他的作品被收集在華人社會不計其數的網站中，在網上廣泛傳播，以致他成為網上文學中最受歡迎的作家。

在中國大陸，有關黃易作品及其人的討論遍佈各大專院校和各大論壇的文學討論中；有關黃易作品的論爭，更引發起保黃與反黃派系之爭。

生命的轉捩點

一九八七年舊曆六月是黃易生命的轉捩點。他開始撰寫一書三集的武俠小説《破碎虛空》，一切似乎冥冥中自有主宰。一九八九年他毅然辭去香港藝術館副館長之職，遁跡山林，從此走上武俠小說創作之路。究竟是甚麼原因令黃易作出這個抉擇？有關黃易其人及其作品的評論，眾說紛紜，究竟黃易是一個怎樣的人呢？本刊總編輯梁天偉先生和兩位記者懷着一連串的疑問，在尖沙咀喜來登酒店訪問了這位當今武俠小說巨匠——黃易。

超級武俠小說迷

話題從黃易的中學時代開始。「因為留班或其他種種原因，我差不多每兩年轉一次學校。到了中四，我轉到佛教大雄中學。中文課第一篇作文，是『暑假回想』之類的東西。十多年來，我寫這類文章，開首一定是：『四十天悠長的暑假又過去了……』然後循例懺悔一番，說以後不會再虛擲光陰了。怎料老師竟然給我不及格！評語是：『不知所謂。』我第一次警覺，原來中文作文也是可以不及格的！第二篇作文，我比較用心寫，結果得到五十多分。那時我才知道，中文原來是可以寫得好一點的；但我仍不特別用心去寫。

「我自小看很多武俠小說。還不足十歲，便開始看臥龍生的《仙鶴神針》。六年級的時候看《三國演義》，《水滸》當然也看，但只愛讀開頭部份。後來，我看王度廬的《鶴驚崑崙》，很喜歡其中的復仇故事；也喜歡司馬翎的小說，他寫人與人之間的關係很出色，但他寫得好的書不多。《檀車俠影》、《焚香論劍篇》、《劍海鷹揚》這三書可說是他的代表作。」黃易如數家珍地說。

從寫新聞稿開始

究竟黃易是否因為愛看武俠小說而最終走上寫武俠小說的路呢？「不！我看武俠小說的動機純粹是為了自娛，完全沒有想過會寫武俠小說，我只是喜歡那個俠客豪情的世界。直到進入香港藝術館工作，我才正式寫點東西。因為工作的關係，很多時候都要寫點新聞稿、catalogue 之類的東西，但我對自己筆下的文字完全沒有信心。於是，寫好之後便拿去給現任香港歷史博物館總館長丁新豹看，請他潤色一下，才敢刊出。那時候，我一直想把文章寫得好一點；不然怎樣拿去見人？後來因為辦亨利．摩爾的展覽，要做翻譯。這次我一如既往，先把內容譯好，再請丁新豹修改。這次他看完我的翻譯後，說：『不是已經很好了嗎？不用改了。』我當時很開心，因為那證明我的文字已經不錯了，但我仍沒有想過寫作。」

研究八字

「在藝術館工作的時候，我開始研究八字，坊間所見八字的書差不多都看遍了。《滴天髓》的名句『有情卻被人離間，怨起恩中死不灰』，到現在我還會唸，他的書對我有一定影響。我從八字裏略窺自己的命運：一九八七年舊曆六月將有一個轉機，其影響之深遠，將決定我下半生的事業。但那究竟是甚麼呢？當時我仍不夠功力參透。」

第一次投稿

「直到一九八六年底，有一天，我看到《武俠世界》雜誌的徵稿啟事。當時雜誌上刊登的很多武俠小說，我覺得都寫得不好，很多時候根本看不下去。我想，既然大家都寫得不好，不如讓我來寫吧。於是，我寫了一篇近二萬字的武俠短篇寄給《武俠世界》。八個月過去了，有如石沉大海，我也漸漸忘記了這件事。豈料那雜誌的編輯忽然打電話找我，告訴我會用我的作品。他解釋說早前這稿不知放到哪裏去了，到最近搬辦公室，才把這份稿發掘出來。他打電話來的那天，剛好還差幾天便過舊曆六月。奇怪的是當那決定未來命運的電話響起前約五分鐘，我強烈地想起那篇早已被遺忘的作品。」

挑戰倪匡

「接着我再寫了一兩篇武俠小說。我原來是想委託《武俠世界》把我的短篇結集出版的，卻被婉拒。也許因為當時武俠小說式微，我又剛出道，沒有出版商敢於冒這個險。於是我託朋友把我另一個包裝得很漂亮的武俠中篇《荊楚爭雄記》，拿去給博益出版集團的李國威看。怎料他擱下半年也沒看過，倒是另一位編輯看後，覺得不錯，於是安排我與李國威見面。李國威甫見面便單刀直入說：『現在武俠小說除金庸、古龍外，便沒有市場空間。你要末不寫，要末就寫科幻小說吧。』於是我每晚下班後挑燈夜戰，以一星期的時間完成第一部科幻作品《月魔》，交到李國威手上。交稿翌日，他便約我到博益見面。我還記得我們相見時，他劈頭第一句話就是：『我要以你的科幻小說挑戰倪匡！』那是十幾年前的事了。《月魔》出版後，讀者反應不錯。後來，他們又替我出版了幾本科幻小說。」

全力創作

「我是唸藝術的，又在藝術館浸淫過十年，對出版包裝有一定的要求。博益替我出版的書，我並不滿意。直到一九九一年我創辦出版社，才可以自己決定一切，包括設計和市場策略。我將武俠小說一集一集的出，當時沒有人肯這樣做。我用自己的方法包裝，連字體也是自己挑選的，還找靳埭強設計封面。那時一個月寫兩本書。一邊寫科幻，一邊寫武俠。每天都在寫作，雖然忙碌，但不覺其苦。」

沒有預設佈局的《尋秦記》

黃易的《尋秦記》因被改編成電視劇而廣為人知。究竟黃易如何構思這本集歷史、武俠與科幻於一書的長篇小說呢？「我沒有構思過小說的發展脈絡，通常只想到開頭便開始寫，自己也不知道故事發展下去結局將會是怎樣的。別人總以為《尋秦記》中項羽是項少龍的兒子這佈局是預設的，其實不然，這是我寫到最後才想到的。時空交錯這點子很多人都會用，這是科幻小說常有的橋段。《尋秦記》是沒有大綱的，我寫到秦皇登基，就知道故事不能再發展下去。最大問題是項少龍這個人，不在歷史的記載上，我唯一想到的是焚書坑儒，為何會焚書坑儒？是他倆的關係產生變化，如何由友好反目為仇？便要慢慢下功夫。我覺得最有趣是秦始皇身份的疑案，到底他是不是呂不韋的兒子呢？但他對呂不韋很殘忍。還是秦王的兒子？抑或兩個都不是呢？於是提出一個新的說法。」

大家以為擅寫歷史武俠小說的黃易對歷史一定很熟悉吧，答案剛剛相反。「我對歷史並不在行，雖然最初我想過報讀歷史系；但我盲目地相信自己應該是一個藝術家，所以最終入藝術系。然而，當我看過丁衍庸老師的畫後，便幡然醒悟，自己永遠不能做到像他那樣的藝術家，因為他是繪畫天才，而我不是。不過，藝術是我生活的一部份。我住在大嶼山，周圍的山水在我來說，像一幅幅美麗的圖畫。我自小有藝術訓練，對山水也有與眾不同的看法。」

大學時代迷上精神修養

喜歡黃易作品的讀者，都會發覺黃易的作品中有很多玄學思想。「以前我在大學讀書時，已很喜歡精神修養那些東西。當時我副修心理學，曾跟崇基心理學系的 Dr. Goodman 學了幾年瑜伽打坐。記得有一趟，我寫了一篇心理學文章，自問不無創意。誰料到助教竟然讓我不及格，於是我去找系主任申訴。他說：『你這篇論文寫得不錯，但我總不能去罵那位女助教吧？』於是他跟我說了一個蜘蛛和螞蟻的寓言。螞蟻不停找食物回巢穴，而蜘蛛織網卻是由自身擴散出去的，兩樣都要做。光有創意是不夠的，還要做實習，他要我學習螞蟻。」黃易笑着說：「但其實我從來都沒有學過螞蟻。」

《超級戰士》之「島宇宙說」

黃易每一篇作品的背後，都有他對宇宙人生的看法。比如說他基於 Island Universe 的理論：「烈士在屠場被宰殺，他們的死亡是孤獨的」，寫下了《超級戰士》。「這本書的背後理論，是基於 Aldous Huxley 所著 *The Doors of Perception*（《眾妙之門》）一書中的思想。我還記得書中的其中一句句子是：We live together, we act on, and react to, one another; but always and in all circumstances we are by ourselves.」

《大唐雙龍傳》之「遁去的一」

黃易的《大唐雙龍傳》講了很多關於《易經》和術數的觀念。他解釋說：「我很受《易經》的影響，我在書裏面提出了『遁去的一』，那是源自《繫辭》的『大衍之數五十，其用四十有九』，由此講出何謂『一』。其實《易經》中的六十四卦，都是由『一』衍生出來的。在術數來說，六十甲子最厲害的是『遁去的一』，即表示遁甲，甲即一。千變萬化，都是由『一』變生出來的。所以捉到失去的一，即能扭轉乾坤，變出所有八卦。先天與後天八卦，是天下術數之源。如能明白《易經》的道理，子平八字都不過是很簡單的東西而已。」

「我喜歡玄學，而『易』是我最喜歡的概念，所以我把筆名定為『黃易』。」

《破碎虛空》之破碎虛空

黃易很滿意自己的《破碎虛空》，那是探討武學與天道的第一本武俠作品。「我認為『破碎虛空』是最高境界。」他在《文明之謎》中曾說：「星體在宇宙浩瀚無邊的空間裏只佔微不足道的位置，虛空才是宇宙的本質，星體不斷起始生滅，虛空卻是恆久不變，……禪偈曰：『明還日月，暗還虛空。』我們只看到發亮的星體，以為那才是宇宙的代表，其實虛空才是宇宙的真我。『破碎虛空』，只有當虛空破碎時，我們才能超脱宇宙，脱繭而出。」黃易笑着說：「我的小說《破碎虛空》便是由此而生。」

讓我們做個好夢吧！

有評論家認為，黃易小說所探討的是追求和超越的永恆主題。「我以前一直認為人可以超越自我，可以透過一些方法，例如瑜伽打坐達到這個目的。但理想永遠不能達到，這是人的遺憾。人注定是要失望的。正如人是孤獨的，無論你現在怎樣聽我說話，你永遠不能明白我，你只能基於自己的經驗去猜，所謂feeling into，像我牙痛，你只能從自己牙痛的經驗來感受我的牙痛。所以我們每個人都是一個孤獨、隔離的宇宙，我們只能以自我為中心去看這個世界，都是井底之蛙。例如，我們受感官的限制，只嚐到四味七色。又例如，在時間上我們只能在一點上不停進行，過去是一種負擔，未來是可怕的。只要忘記過去，不懼怕將來，全心全意去一嚐生命的甜美，人便可以活得很快樂，但人卻做不到。

生命像夢幻一般，有時候我們會問自己究竟是否在做夢。莊子夢見自己變成蝴蝶，醒來問自己，究竟是我夢見蝴蝶，還是蝴蝶夢見了我。『莊生曉夢迷蝴蝶』，正說明了人生若夢。玄學大師葛吉夫（G. I. Gurdjieff）說：『每個人都不知道自己在做甚麼，只是在做其春秋大夢罷了……。我們每個人都活在夢中，想不做夢便要從清醒的夢中醒過來。醒來的方法，是當你看着我時，同時要知道你在看我，你才能從這個「清醒的夢」中醒過來。』佛家叫這做『內明』，正是醒覺的意思，但這是很困難的。如果我們不從『清醒的夢』中醒過來，那麼人生只是一場大夢。『生』是一個夢的死去，而『死』卻是另一個夢的甦醒。」

「假如，有一天你（局內人）醒了，以局外人的眼光去看周遭的一切，你便會得出存在主義的結論：這世界是荒謬的！局外人是孤獨的，假設人生若夢，那麼讓我們做個好夢吧！」

文章原載《中大校友》二零零二年十二月號

閃耀的武俠科幻新星——黃易專訪

記者：Mini

閱讀黃易的小說是一種享受

黃易的小說不僅文筆流暢、容易閱讀，你還可以從他鮮明跳脱的文字中看到影像畫面；從細膩的建築環境描述、人物的內在思想，乃至於觸摸不着的精神力，到整個氣氛的烘托，使你不期然地跌入那個滿是虛虛幻幻，又似假似真的世界；更重要的是，故事情節往往出人意表，不看到最後一章、最後一字，你永遠也不知道會有怎樣的結局發生。科幻小說如此，武俠小說亦如是！

如果説故事劇情是一部小說的骨幹，那麼小說中所要闡述的作者思想，便是小說的靈魂。你可以在黃易的小說中讀到包括歷史、天文、醫術、科學、宗教、宇宙奧秘、藝術美學等上天入地的學問知識，但更重要的是他對於生命哲學的省思。

正如他所說：「每一個生命都只是永恆裏的一小段插曲，智慧或愚笨、英雄或懦夫，亦不外是不同的經驗；從不同角度去體會生命，在本質上並沒有任何分別。」所以不論你現在位高權貴，或只是一無所有的窮光蛋，只要你能盡全力享受生命，一嚐生命甜美，那就足夠。

因此我喜歡黃易的小說。

現在就帶各位前往香江拜見這位九零年代轟動華人世界的新武俠頑童——黃易！

與武俠結緣始末

問黃易為何會走上寫小說這條路，他竟給我一個勁爆的回答：「本來是想當畫家的，所以才會進入香港中文大學藝術系；不過覺得自己的畫實在上不了台面，只好作罷！」在他的書桌前方就掛着一幅他的畫，其實畫得挺有味道的呢！

黃易自稱會踏上寫武俠科幻小說的過程，其實沒甚麼驚天動地的事蹟，只是從小就喜歡看武俠小說，更喜歡幻想；剛好多年前香港有一本名為《武俠世界》的雜誌，專門刊載武俠小說，於是寫了生平第一篇六萬多字的武俠小說投稿，結果獲得採用，於是便正式開始他寫作的生涯，並在該雜誌上陸續刊登他的作品，包括第一部武俠小說——《破碎虛空》、《荊楚爭雄記》和《覆雨翻雲》第一冊。

黃易也道出當年他尚未成名前，四處請人出版小說遭拒的慘痛經驗，負責人總是連看都不看一眼就丟在一旁。直到有次，博益出版社剛好有位編輯無意中看了被壓在負責人處的《荊楚爭雄記》，立刻大力向上推薦，但是負責人卻以「武俠小說沒人買」拒絕，負責人說若是科幻小說就可以。黃易於是花了一個星期的時間寫了第一本科幻小說——《月魔》，因此《月魔》成了黃易第一部正式出版的書，並從此踏入武俠與科幻小說的創作。

說完這段故事，黃易笑了笑，他說之後他的書暢銷了，負責人也終於看了《荊楚爭雄記》，還寫了一張字條給他說「你的書很好看！」這個世界就是這樣！

心目中的武俠世界

黃易最欣賞的武俠作家是金庸與司馬翎，尤其是司馬翎，覺得他是目前台灣武俠界的第一把交椅，他認為其作品非常有內涵，而且將人性寫得非常真誠，毫無虛假。他不諱言地指出自己武術方面所重視的精神與氣勢，是受了司馬翎的影響，不過他們兩者之間還是有非常大的差別，主要是他的作品更着重於玄幻，希望「藉武道以窺天道」。

筆者談到在他的書中看到許多上至天文、下至地理，包羅萬象的內容時，黃易謙虛地表示，他其實只是興趣比較廣泛，喜歡思考，學過古琴、瑜伽、算命風水、建築藝術等，最重要是喜歡看書，甚麼書都看。他笑着說現代年輕人說喜歡看書，其實如果還沒有到達進入一家書局，就立刻知道甚麼書擺在甚麼地方的功力，就不能算是喜歡看書。聽得小女子我冷汗直流呀！

天馬行空的想像力，果然必須建立在豐富的知識上，才能令人着迷，否則像我這樣，再豐富的想像力都像是作白日夢般罷了！

喜歡將歷史加入武俠小說，是要讓小說具有真實的感覺，因為若沒有了真實感，那些武林人士整天打來打去，會變得不知為何而戰，讀者也會失去閱讀的興趣。

在他的思維中，現代人寫的小說必須具有電影視覺分鏡的效果，讓人見字如見一幕幕生動的電影，讓不愛看小說的人都能接受且上癮，那就成功了。

你無法在他的小說中看到忠奸分明的人物，正如現實的人生中，你永遠弄不清楚一個人到底是忠或奸，其所作所為究竟是為了自己還是別人！他只是希望忠誠地描寫出平凡人都有的七情六慾，不論是大俠或小癟三，遇到棘手的事同樣會害怕，遇到美女會流口水，不同的只是用他們不同的力量去化解各種難題，活出屬於自己色彩的生命。

心目中所謂的好遊戲

黃易其實是一個標準的電腦遊戲玩家，而且還是高手中的高手。他任何類型遊戲都玩，但還是較偏愛策略類，所有經典知名的遊戲全逃不過他的手掌，從早期的三國志一代、Ultima系列、StarFlight，到現在暗黑破壞神、異塵餘生、魔法門系列等都一一破關，現在則正與魔法門之英雄無敵III奮戰中。

「一個遊戲只要好玩、有創意就是好遊戲！」他緩緩道出多年玩遊戲的心得。在他心中，一款遊戲只要容易上手，然後又有深度，便是一款好遊戲，值得一玩。

黃易語重心長的指出：「現在的遊戲太多，選擇太多，我們不能只靠做的是中文遊戲，就一定可賣給講中文的人；做遊戲要有國際觀，要比別人先走一步，不能老是跟在後面，用舊有的東西，那總有一天會被淘汰。與其做一百款中等遊戲讓人玩沒兩天就丟在一旁，還不如做一款市面上從沒有過的頂級遊戲，讓人記得一輩子！最重要的是創意要大膽，然後看你如何包裝這意念，包括畫面、劇本、引擎缺一不可。」黃易指着腦袋，說道：「人最大的價值，就是這裏，就看你如何去開發了！」

對於小說改成遊戲難免會有變動的地方，憑着多年玩遊戲的經驗這點他倒看得很開；他覺得遊戲和小說在本質上就不同，就像在《破碎虛空》小說中，傳鷹與八師巴的打鬥是根本不分勝負的，兩人藉由精神交會，體驗了一場生命的超時空之旅，窺得天地奧秘。這樣一場戲，在遊戲中就很不容易表現了，因為玩家都是扮演男主角，每個都想成為像傳鷹那樣的英雄人物，所以如果遊戲中讓傳鷹贏了這場比試那也是無可厚非的。

「不管改編何種小說或漫畫，程式應該不是想要如何把整個故事劇情交代完就算，最重要的是要如何把原本的精神表達出來。終歸一句話，還是好玩有創意最重要！」黃易笑着又強調了一次。

對於《破碎虛空》這本小說，黃易顯然情有獨鍾。「曾有許多人和我商量要將破碎虛空畫成漫畫，但我一直不願意，怕被畫差了；因為這本小說講究的是意境，它是我的第一部小說，寫時完全沒考慮到讀者是否會接受，完全是自娛，可能寫作技巧與佈局都沒有現今成熟，不過卻是最真誠的。」

他進一步指出破碎虛空乃是出自一首禪偈：「明還日月，暗還虛空。」黃易解釋道：「通常我們只看到發亮的星球，以為那才是宇宙的代表，其實虛空才是宇宙的真我，只有當虛空破碎時，我們才能超越宇宙脫繭而去。」

尾聲

黃易非常重視個人生活，因為喜歡大自然，於是毅然隱居在大嶼山，享受大自然的奧妙。他寫作的地方就是面向一片大海，海風徐徐吹來，非常的舒服。他的書房不僅藏書多，還有許多各式各樣音樂CD，一套極棒的音響，流洩出跳動的音符，讓他可完全放鬆精神。

最吸引筆者的是約二十吋的大電腦熒幕，除了寫作，大部份的時間都花在玩電腦上。當筆者沉醉在美妙的音樂聲中，黃太太上來提醒我差不多要趕飛機了；於是筆者把握最後的機會，請他透露目前最暢銷的《大唐雙龍傳》的可能結局。他笑了笑，「保證讓你猜不到的結局！」大家就努力看、努力猜吧！

後記

這次採訪的過程雖充滿驚險，但卻是我一生中最難忘的經歷。猶記四月十二日大清早前往小港機場坐上飛機，飛機才一起飛就聞到陣陣焦味，心中害怕到了極點，自我安慰了千萬遍，可能是自己太敏感吧！果然幾分鐘後，機長廣播說廁所有火警警示，原因不明，需全機飛回小港，詳細檢查後再重飛！

天呀！想我年輕貌美又尚未嚐遍人間酸甜苦辣，難道就要如此香消玉殞？果真是紅顏薄命？然而就在我胡思亂想之際，飛機已平安抵達小港機場。飛機再重飛時已是四個小時之後的事了……唉！台灣的飛安，我是確確實實的領悟一遭了！

除此之外，還有就是黃易與黃太太給我的深刻印象了。黃易與黃太太不僅沒有名人的架子，還很平易近人且非常熱情。你能相信嗎？從大嶼山的碼頭到黃先生家近四十多分鐘，黃易竟然一路上幫我揹又大又重的行李，還談笑風生地與我們說說笑笑，讓筆者深受感動。與黃易先生的訪談中，讓我受益不少。在閒談中，他竟然說着說着就蹦出許多個非常具有創意的遊戲劇本出來，讓我瞠目結舌。如果能請到這位大師來為遊戲作嫁，肯定相當有趣的。

另外非常感謝香港友人馬路天使的鼎力相助，在短短的三天中不僅陪我爬山涉水到大嶼山充當翻譯，還要陪我逛遍尖沙嘴、旺角的服裝店、玩具店、電腦商場，替我揹大包小包的戰利品，並一路忍受我各種莫名其妙的牢騷，真是多謝了！

人生真的很美妙！

引自《軟體世界雜誌》二零零六年十月二十四日

黃易小傳

本名黃祖強的黃易，出生於一九五二年，是個浪漫的水象雙魚。在家中排行老三的黃易，是第一個男孩，有兩位姊姊和一位弟弟。童年在香港新界的郊區長大，非常受外祖父的疼愛。黃易的父親是海員，長年不在家，母親帶着子女與外公、外婆同住。外公當時當大廈管理員而且是個武俠迷，這點影響黃易很深，在小學時就愛讀外公租來的武俠小說，臥龍生、司馬翎、金庸、古龍等無所不看，只要外公有租，黃易就會一一看完。童年的黃易常和家人上山去玩，深受大自然的洗禮，也形成他熱愛自然的性格，沉浸在無憂的流金歲月裏，沒有甚麼傷心往事。

幼稚園及小學一、二年級，在沙田大圍一所較簡陋、小規模的學校就讀，但因地處偏遠，程度較差，所以在小學三年級時，轉學至沙田公立學校就讀，原學校程度較低，造成轉學後進度較同儕落後。在整個小學階段，黃易轉學三次，有時是因為家長覺得原學校程度不夠，轉到較好的學區；小五那年由新界搬到市區，但新界地區學校程度不及市區學校，反而造成黃易學習進度趕不上同班同學，而又在小六時轉學重讀了一年。中學時期黃易也轉了三次學，則是因為較複雜的原因而轉換學習環境。黃易自認為從來都不是老師們心目中的優等生，但是常在公開的大考上取得讓師長們驚訝的最佳成績。

在學業上一直跌跌撞撞的黃易因不想留級再重讀中學三年級，所以轉學到一九六九年才創校的佛教大雄中學。在大雄中學中文課第一篇作文，寫「暑假回想」之類的題目，黃易不以為意很老生常談地寫了「四十天悠長的暑假又過去了……」然後循例懺悔一番，說以後不會再虛擲光陰了。竟被嚴格的中文老師打了不及格的成績，評語是：「不知所謂。」他才第一次發覺，原來中文作文也是會不及格的！第二篇作文，黃易比較用心寫，結果得到五十多分。當下還蠻開心的，對文字稍有警覺，但還是沒有特別用心去寫。在中四時，喜歡學校的美術老師，她之後進入天主教修道院當苦行修女，黃易也在此時開始模模糊糊有想當畫家的念頭。成績一直很普通的黃易，在考香港高級程度會考，得到讓老師訝異的好成績，這也是黃易在求學歷程中最開心的事情之一。當時他心中想當畫家的念頭，隨着年紀越來越熾烈，後來如願進入香港中文大學藝術系。

在系上初識影響他一生的丁衍庸老師，可是當時還是小大一的黃易對系上大家尊崇的丁老師存在着「敬而遠之」的想法。丁衍庸老師對學生非常慷慨，在教畫時和學生們談笑風生，要畫甚麼題材，也隨興的讓學生們提議，然後當場作畫，完成之後高懸壁上，讓同學自行臨摹體會。他於授課時的示範作品，總會在展示後，被愛徒們收回儲物櫃內帶回珍藏。丁老師的畫課歡迎系內任何級別的同學參與，系上人人以丁公尊之，只要丁公駕到，都有大批人馬恭候桌旁，圍個水洩不通。那時黃易對這些在課堂上完成示眾的丁公墨寶並不以為然，總覺失於草率，更看不出高明在何處，所以將學習重心轉到繪畫以外的精神心理學方面。

那時黃易副修心理學，受崇基心理學系的古德曼博士（Goodman）吸引。這個老師很特別，信奉印度某宗教，在課堂上放巴布．狄倫（Bob Dylan）的歌，分析歌詞裏的空間感，讓黃易學會瑜伽和冥想，而巴布．狄倫（Bob Dylan）一直是黃易偏愛的樂手之一。記得有一次，黃易寫了一篇心理學文章，自問不無創意。沒想到助教竟然給不及格，於是黃易就去找系主任申訴。他說：「你這篇論文寫得不錯，但我總不能去罵那位女助教吧？」於是他說了一個蜘蛛和螞蟻的寓言。螞蟻不停找食物回巢穴，而蜘蛛織網卻是由自身擴散出去的，兩樣都要做。光有創意是不夠的，還要做實習，所以要黃易忍耐學習螞蟻。但其實黃易從來都沒有學過螞蟻。

對很多不同領域都深感興趣的黃易，還是很堅定當畫家的夢想，因對大自然的愛好，主攻山水國畫。而丁衍庸老師在系上當眾畫下十多呎大的划龍舟圖，第一次震懾住年輕的黃易。那時整個藝術系沸騰起來，人人爭先恐後擁到四樓的大畫室，搬桌抬椅者有之、安置畫紙的有之。由十多張長畫桌組成可供拳王們在上面爭霸的大桌台上，攤開了一張廣寬各十多呎的空白畫紙，周圍靠牆處擁滿包括黃易在內的一眾師姊妹兄弟，儼如等待好戲開鑼。丁公施施然的來了，口角生春裏談笑用兵，以他半調侃、半吹噓的方式，引得全場陣陣哄堂大笑，不費吹灰之力便揮筆成象，人人嘆為觀止，黃易則看呆了眼。心忖他不但是個大師級的畫家，更是位出眾的表演者。這才是丁公的真功夫，和平時畫給學生的習作是完全兩回事。

那天晚上，黃易隨幾位級友到了丁公在尖沙咀的家去，當黃易見到懸在老師畫室的一幅人像油畫作品時，完全被懾服了。此畫肯定是大師級的傑作，功力不在丁公欣賞的畢加索和馬蒂斯之下。黃易忽然醒悟到，坐在眼前的丁老師可能是能融合中西藝術最高境界的第一人。那晚丁公為每個學生刻印章，刻刀代替了畫筆，頃刻間化頑石為印藝極品，依然是舉重若輕，不費吹灰之力。他的慷慨令黃易感動。丁公還親自下廚蒸製大閘蟹給大家吃，那是黃易首次嚐到大閘蟹的滋味，美好的感動就這樣留在舌尖、心上，久久不忘。

而畢業前，因緣際會下與丁公獨處的時刻，在柴油推動的火車「轟隆轟隆」的行車聲裏，黃易誠惶誠恐向丁公表達了到他家學藝的意願。丁公一口答應，自此每星期到他家上一堂課。依往常般他作示範，黃易拿畫稿回去臨摹。這是非常動人的學習經驗，丁公從來都是魅力十足的，與他的相處總是讓人興致盎然，妙趣橫生。有一天，黃易忽發奇想，買了一本空白的畫冊，每面可供畫八幅小品，他打着上十六堂課寫滿整冊的如意算盤，懷着朝聖的心情到尖沙咀去，但才跨過門檻便察覺丁公不知是睡眠不足還是其他原因，精神體力完全不在狀態。黃易慌忙將畫冊收在他視線之外，力勸他改授課為上床休息。那時天寒地凍，黃易為丁公蓋上厚棉被，不片晌他「呼嚕呼嚕」的熟睡過去。黃易乘機為他整理堆滿儲藏室的油畫，工作不忘娛樂，兩個小時，彈指即過。

丁公醒來之後，半醒半睡地到畫室坐下，喝口黃易奉上的濃茶，黃易正想告退回家時，丁公問道：「畫甚麼？」黃易喜出望外連忙取來畫冊，厚着臉皮說：「畫這個！」丁公不以為意提筆蘸墨，畫下一幅蘭蛙圖。畫成的一刻，兩人都愣住了。那是具有天份才情者千錘百煉下妙手偶得的成果。兩蛙固是形神俱妙，但黃易的目光卻沒法從斜跨畫面的蘭葉挪開，尤其是稍往回彎去的葉鋒，而此正為畫冊混沌初開的第一筆。丁公「呵呵」笑了兩聲，道：「簽個名就夠哩！」從未見過丁老師這麼着意自己的作品，怕題字會破壞畫面不食人間煙火般的空靈飄逸。丁公的精神聚焦了，創作的靈動力如決積水於千仞之谿，逕自揭到下一頁，畫蝦題字。看着書體行雲流水似的從筆鋒傾瀉畫面，他寫字如寫畫的感覺更強烈了。若隱若現的長鬚在水波中蕩漾，充盈畫意的題款，忽然間詩文的內容已是無關痛癢，書和畫再無分彼我。跟着丁公大演帽子戲法，先讓羊毛筆飽飲淡墨，再沾焦墨於鋒側，就在焦墨擴散同化淡墨前那間不容髮的當兒，筆鋒以迅雷激電的速度命中畫頁，不離紙轉折有致地往右放筆撇掃，形成主體，再加勾勒，一尾活力十足的得水魚兒便在畫冊的空白世界誕生。丁公再謙守地置署章於右下小小的一角，以免妨礙魚兒往水深處俯衝的勢頭。

行筆至此，丁公說話不多，大異他平時談笑用兵的作風，卻沒有絲毫歇筆的跡象，反畫興愈濃。畫第四幅時他的畫速放緩，讓黃易一直屏住的呼吸可以恢復正常。上三幅畫都像是在電光石火間發生，這幅他卻是好整以暇，細意經營出虛實相生的兩隻螃蟹，宛如在玩一個筆墨的遊戲，並深深享受其中的過程，畫紙便是他的神秘樂園。第五幅〈鼠瓜圖〉，丁公的速度回來了，幾是一揮即就，迅快至令人難以留神。表現出來的雖然純粹是中國水墨的筆情畫趣，但骨子裏卻是西方藝術的寫生技巧，是其不在畢加索和馬蒂斯之下，深厚至不能稍動分毫的素描功力。而此正是丁公與其他二十世紀中國水墨大師的分異處，在這張畫上表露無遺。若〈鼠瓜圖〉是極盡線條的妍態，接着下幅啄羽小鳥就是水墨的畫禪。原來筆墨竟可以臻達如斯境界。小鳥兒俯身低頭啄弄輕盈的羽毛，筆墨的精準變化如造化般的神奇。接踵而至的墨鷹從簡趨繁，動歸於靜，濃墨重筆洩露出卻是當時他閒適自在、旁若無人的心境，還帶點他獨有的滑稽幽默那難以言傳的風格。完成後，丁公道：「牠睡着了！」終抵冊頁這面的最後一幅畫！黃易的心不由提到咽喉，看他如何為冊頁封印，畫上完美的句號。但見他拿着蘸滿墨汁的毛筆，虛懸空白畫頁的上方，隨機地任由墨液空降白頁，觸紙、化開，真讓人如丈八金剛，摸不着頭腦。幸好丁公仍是一副運籌帷幄、胸有成竹的從容神態，撤筆後，畫面留下的是不類物象的點滴遺痕。在黃易茫不知他葫蘆裏所賣何藥之際，丁公二度出筆，似是無所不能、神通廣大的筆鋒隨象描繪，四頭活潑可愛、姿態無一相同，生動傳神的小雛雞躍現紙上，天人間再沒有隔閡，意趣洋溢，筆墨至此盡矣！直至丁公道：「有一隻眼睛是共用的。」黃易才從這個始於一葉蘭的神奇旅程重返凡塵。（此畫冊已捐贈予香港藝術館）

當夜黃易珍而重之捧着畫冊離開丁公的家，像開了竅似的很多以往沒動過千奇百怪的念頭紛至沓來、思潮起伏。多年來盲目相信自己是出色的畫家料子，但在那一刻黃易卻清楚明白自己永遠不能做到像丁公這樣的藝術家，當年黃易見證了一位繪畫大師於巔峰狀態下的創作歷程，丁公寫下其創作上輝煌一頁的同時，也譜寫了黃易生命中深刻難忘的片段。最終黃易走上不同的路向，恐怕丁公也沒想過會以這種奇異的方式改變他小徒的未來。

在一九七七年黃易曾獲「翁靈宇藝術獎」，其實他在繪畫的路上也非常投入，但畢業後先在九龍的一所中學擔任一年教師，教英語和美術，之後還是放不下對藝術的愛好，進入香港藝術館任職。在香港藝術館中黃易任職了十年，這樣穩定高薪的工作，讓黃易有餘力開拓個人眾多的愛好。黃易向多位老師拜師學習古琴、洞簫、太極拳、掌相、子平八字、風水、道術。這些傾向於玄學和科學的知識，都是長期浸淫，這對黃易後來的武俠、科幻小說創作，起着本源性的作用。而在藝術館中需翻譯、撰寫大量新聞稿，也讓本來對文字沒有信心的黃易慢慢磨煉自己的文筆。

因和謝靈山學八字，也研讀市面上講八字的書。黃易替自己看八字，知道一九八七年六月會有決定下半生事業的大事。但當時還不明白會有怎麼樣的機緣。本來寫武俠小說純粹是為了自娛，十一月時，看到《武俠世界》雜誌的徵稿啟事，寫一萬多字的武俠短篇寄去，這篇小說，黃易已經忘了名字，八個月過去，雜誌社都沒有回應。但在一九八七年六月底，《武俠世界》編輯打來說要登那篇作品。神奇的是在決定未來命運的電話響起前約五分鐘，黃易強烈地想起那篇早已被遺忘的「作品」，這開啟了黃易對寫武俠小說投稿出版的興趣。之後雖然有不少部武俠短篇獲登在雜誌上，可是都沒辦法集結出版。黃易尚未成名前，四處請人出版《荊楚爭雄記》遭拒，此時武俠式微，出版社負責人都不看武俠稿，也不願出版武俠小說。後來接觸到博益出版集團主編李國威，他不看好武俠，覺得武俠只有金庸、古龍有市場，建議黃易改創作科幻小說。黃易每晚下班後挑燈夜戰，花一個星期寫完第一本科幻小說《月魔》，李國威看過後說：「我要以你的科幻小說挑戰倪匡！」開始了黃易的文字創作之路。

因為喜歡玄學及「易」的概念，將筆名定為「黃易」。當時黃易每天要由大嶼山的住處搭渡輪上班，曾在早晨遛狗時目送早班渡輪遠去，升起若不用每天搭渡輪上班，留在家中寫作的想法。後來毅然辭職改以創作為生，在一九八七年的那通電話，果真改變了黃易的下半生。一九八九年，黃易開始了在大嶼山的創作生涯。其實黃易在一九七九年就決定住在大嶼山，至今在島上搬了三次家，因有學風水學，現在住的房子就是自己看的風水，目前黃易和夫人郭淑芬女士住在那裏，兩人沒有子女，住家附近沒有鄰居，離最近的碼頭還要走四十多分鐘的路程，是個少人干擾的所在。簡單的房子分為三層，一樓是客廳、飯廳和廚房。二樓是黃夫人辦公和練書法的地方，她負責出版丈夫的小說，並全權管理黃易出版社的事務，讓黃易可以心無旁騖的創作。三樓有一套形狀奇特的巨型音響，及許多書籍、CD等收藏，那是黃易沉思寫作的地方，他養了兩隻拉布拉多犬，常以乳酪賄賂牠們，遂養成牠們每日來討食的習慣。在這一片天地裏，黃易畫畫、觀察星象……興趣非常廣泛，還沉迷在電影、音樂的世界裏。他偏愛歐洲電影，特別是科幻電影。家中有龐大的音樂庫，顯示對音樂多角度的接納和欣賞。看的書也很多元，從文學、藝術到科普都有涉獵。黃易其實也是一個標準的電腦遊戲玩家，而且還是高手中的高手。他任何類型遊戲都玩，但還是較偏愛策略類，所有經典知名的遊戲全逃不過他的手掌，從早期的三國志一代、Ulitma 系列、Start Flight，到現在暗黑破壞神、Fall Out、魔法門系列都一一破關。

黃易盡情玩樂，同時他也認真寫作，以驚人的速度完成寫作，毫不懈怠。他嚴格遵守工作的紀律，以極高的效率迭出新作。目前完成的作品除科幻短篇外，長篇武俠作品：《破碎虛空》、《覆雨翻雲》、《尋秦記》、《大唐雙龍傳》、《邊荒傳説》、《雲夢城之謎》、《封神記》都已經完結，黃易認為：「能生活平靜安逸，能選擇自己的生活方式是一種幸福。」對於自己的低調，黃易並不以隱居看待，認為只是一種生活方式的選擇。最大的希望除了每晚能在零壓力和心無罣礙下尋夢之外，就是在創作上創造無限可能，寫出好作品。

引自陳貴婉〈黃易《大唐雙龍傳》研究〉

黃易生平年表

一九五二年

- 生於香港，取名黃祖強，家中排行老三，有兩位姐姐和一位弟弟。

一九六零年

- 小學二年級，開始看臥龍生的《仙鶴神針》。

一九六二年

- 讀武俠迷外公租來的武俠小説，最早看金庸的作品是《射鵰英雄傳》和《神鵰俠侶》，但最喜歡韋小寶。

一九六四年

- 小學六年級，看《三國演義》、《水滸傳》，但只愛讀開頭部份。

一九六五年

- 看王度廬的《鶴驚崑崙》，喜歡復仇故事；認為司馬翎代表作是《檀車俠影》、《焚香論劍篇》、

《劍海鷹揚》。

一九六九年

● 就讀香港慈幼會中學四年級，想當畫家。

● 後轉學到佛教大雄中學，中文課第一篇作文〈暑假回想〉不及格，評語是「不知所謂」，自此對文字稍有警覺。

一九七一年

● 在九龍華仁中學唸大學預科。

一九七三年

● 就讀香港中文大學藝術系，初識丁衍庸老師。

一九七四年

● 副修心理學。崇基心理學系古德曼博士乃其精神上的啟蒙導師。

一九七五年

● 研讀《易經》，漸受影響。

一九七六年

- 專攻中國傳統繪畫。

一九七七年

- 畢業於香港中文大學藝術系。
- 獲「翁靈宇藝術獎」。

一九七八年

- 在九龍一所中學任職一年，教英語及美術。
- 喜歡赫曼．赫塞，初讀《流浪者之歌》，還有以《易經》理念為基礎的《玻璃珠遊戲》、講人內心獸性的《荒原狼》等。

一九七九年

- 在香港藝術館任職二級助理館長。

一九八零年

- 和林國雄學掌相，閱遍著名術教書，包括《古今圖書集成》中相關的收錄。

一九八一年

● 向加拿大籍星相家學星相學。

一九八二年

● 和謝靈山學八字，研讀市面上相關的書籍，受《滴天髓》影響。

一九八三年

● 學古琴和洞簫。

一九八四年

● 因藝術館工作需寫新聞稿、編目錄，對自己的文筆沒有信心，常常先給館長丁新豹閱改、潤色。

● 在辦亨利．摩爾展覽時所翻譯的文章受到丁新豹的肯定。

● 開始喜歡玩各類電子遊戲，較偏愛策略類，曾試過連續每天玩十多個小時。

一九八五年

● 到美國參觀印象派大展，深受藝術家的創作力震撼。

一九八六年

● 算自己八字，知道一九八七年六月有決定下半生事業的大事。

- 投稿《武俠世界》一萬多字的短篇，沒回音。

一九八七年

- 喜歡愛因斯坦的宇宙、哲學思考。
- 《破碎虛空》獲《武俠世界》刊登。
- 喜歡玄學及「易」的概念，取筆名「黃易」。
- 未成名前，曾四處請人出版《荊楚爭雄記》，遭拒。
- 將小說授權予博益出版社（香港）出版。

一九八八年

- 博益出版社主編李國威不看好武俠，因科幻小說盛行，建議改創作科幻小說。
- 花一個星期寫第一本科幻小說《月魔》，李國威看後表示「要以此挑戰倪匡」。
- 《荊楚爭雄記》、《覆雨翻雲》一卷，登於《武俠世界》。
- 博益出版社：《月魔》、《破碎虛空》一至三冊。

一九八九年

- 辭去香港藝術館的工作，隱居大嶼山。

- 博益出版社：《上帝之謎》、《光神》、《湖祭》。

一九九零年

- 參與TVB《烏金血劍》電視劇故事大綱編寫，電視劇編劇工作僅此一次，後將其寫成小說。
- 《烏金血劍》TVB電視劇播映。
- 博益出版社：《超腦》、《獸性回歸》、《聖女》。

一九九一年

- 以一集一集的形式出版武俠小說，乃當時出版界的首創。親自找靳埭強設計封面。試過一個月內寫兩本書。科幻、武俠同步進行。
- 授權皇冠出版社（台灣）出版黃易部份作品。
- 博益出版社：《荊楚爭雄記》、《烏金血劍》。
- 皇冠出版社：《異靈》、《域外天魔》、《龍神》、《幽靈船》、《迷失的永恆》。

一九九二年

- 成立「黃易出版社有限公司」，自己決定每部作品的設計和市場策略。
- 不甘心市場因素讓武俠小說衰落，創作《覆雨翻雲》。

●幫成龍策劃《雙龍會》，只撰寫故事大綱，再由其他編劇寫成劇本。

●博益出版社：《異靈》、《浮沉之主》。

●黃易出版社：《大劍師傳奇》一至二卷、《覆雨翻雲》一至四卷。

●皇冠出版社：《破碎虛空》一至三卷、《浮沉之主》、《月魔》、《光神》、《獸性回歸》、《湖祭》、《聖女》、《靈琴殺手》。

一九九三年

●熱衷於以更寫實的手法表現男女情事的創作實驗，引起各方討論、批評，被定位為「ＹＹ」作家。這類型創作持續了五年。

●黃易出版社：《覆雨翻雲》五至十二卷、《大劍師傳奇》三至十卷、《幽靈船》。

●皇冠出版社：《大劍師傳奇》一至八卷、《超級戰士》、《超腦》。

一九九四年

●黃易出版社：《覆雨翻雲》十三至二十六卷、《大劍師傳奇》十一至十二卷、《尋秦記》一至六卷、《龍神》、《域外天魔》、《靈琴殺手》、《時空浪族》上下卷、《星際浪子》一至三卷。

●皇冠出版社：《大劍師傳奇》九至十二卷。

一九九五年

- 授權萬象圖書出版社（台灣）出版黃易部份作品。作品非常暢銷，引起風潮。
- 博益出版社：《爾國臨格》上中下卷。
- 黃易出版社：《覆雨翻雲》二十七至二十九卷、《星際浪子》四至十卷、《尋秦記》七至十八卷、《荊楚爭雄記》上下卷、《迷失的永恆》、《文明之謎》
- 萬象圖書：《覆雨翻雲》一至二十九卷、《時空浪族》上下卷、《爾國臨格》上中下卷。

一九九六年

- 博益出版社：《諸神之戰》上中下卷。
- 黃易出版社：《大唐雙龍傳》一至十三卷、《尋秦記》十七至二十五卷。
- 萬象圖書：《覆雨翻雲》三十卷、《尋秦記》一至二十五卷、《大唐雙龍傳》一至十二卷、《星際浪子》一至十卷。

一九九七年

- 作品開始在中國內地出版，立即成為各大網站、盜版圖書者爭奪之作。但這些作品僅極少數得到黃易本人正式授權，有不少更為託名偽作。
- 黃易出版社：《大唐雙龍傳》十四至二十六卷、《超級戰士》上下卷。

- 萬象圖書：《大唐雙龍傳》十三至二十六卷、《荊楚爭雄記》上下卷、《諸神之戰》、《獸性回歸》、《月魔》、《浮沉之主》、《聖女》、《異靈》、《超腦》、《光神》、《尋秦記（漫畫）》一至十一卷。

一九九八年

- 黃易出版社：《大唐雙龍傳》二十七至三十八卷。
- 萬象圖書：《大唐雙龍傳》二十七至三十八卷、《烏金血劍》、《尋秦記》（漫畫）十二至十四卷。

一九九九年

- 修訂《覆雨翻雲》、《尋秦記》、《大唐雙龍傳》。
- 黃易出版社：《大唐雙龍傳》三十九至五十卷。
- 萬象圖書：《大唐雙龍傳》三十九至五十卷、《尋秦記》（漫畫）十五至三十三卷、《荊楚爭雄記》（漫畫）一至五卷。
- 《破碎虛空》電子遊戲單機版上市，由智冠科技有限公司（台灣）發行。

二零零零年

- 黃易出版社：《大唐雙龍傳》五十一至六十二卷。

- 萬象圖書：《大唐雙龍傳》五十一至五十九卷。
- 黃易出版社：《大唐雙龍傳》六十至六十三卷，直接發至台灣。
- 萬象圖書：《尋秦記》（漫畫）三十四至三十七卷。
- 與萬象圖書結束合作關係，直接發書至台灣。

二零零一年

- 授權時報文化出版社（台灣）出版黃易部份作品。
- 訪台。
- 黃易出版社：《邊荒傳説》一至五卷、《尋秦記》（修訂珍藏版）一至六卷。
- 時報文化出版社：《尋秦記》修訂版一至七卷。
- 《大唐雙龍傳》單機版角色扮演遊戲，台灣冠智、次方科技合作發行。
- TVB改編的《尋秦記》電視劇播映。

二零零二年

- 黃易出版社：《邊荒傳説》六至十七卷。
- 時報文化出版社：《大唐雙龍傳》修訂版一至二十卷。

二零零三年

- 黃易出版社：《邊荒傳説》十八至二十九卷、《荊楚爭雄記》二卷再版。

二零零三——二零一七年

- 授權 Siam Inter Multimedia Public Co., Ltd.（泰國）出版黃易部份作品。

二零零四年

- 黃易出版社：《邊荒傳説》三十至四十一卷、《大唐雙龍傳》（修訂珍藏版）一至二十卷。
- 時報文化出版社：《覆雨翻雲》修訂版一至十二卷。
- TVB 改編的《大唐雙龍傳》電視劇播映。

二零零五年

- 不追討《今古傳奇》武俠版連載《邊荒傳説》的稿費，今古傳奇出版社自行在中國「武俠文學獎」中設立「黃易特別獎」，獎金一萬元。
- 黃易出版社：《邊荒傳説》四十二至四十五卷、《覆雨翻雲》（修訂珍藏版）一卷。

二零零六年

- 黃易出版社：《雲夢城之謎》一至六卷、《覆雨翻雲》（修訂珍藏版）二至十二卷。

- 時報文化出版社：《雲夢城之謎》一至四卷。
- TVB 改編的《覆雨翻雲》電視劇播映。
- 到台出席中華網龍《黃易群俠傳 Online》特賣會，首次 cosplay 披上大俠披風、手持寶劍扮演現代俠客。
- 七月，參加在台北金石堂汀州店《雲夢城之謎》的簽書會。
- 《黃易群俠傳 Online》台灣上市，中華網龍股份有限公司發行。

二零零七年

- 時報文化出版社：《邊荒傳說》一至十五卷。
- 《尋秦記》（漫畫）一至一九九集完結。編繪：廖福成，全彩高畫質電子漫畫圖檔，繁體中文合輯 DVD 版。
- 《大唐雙龍傳》（漫畫）一至二五二集完結。編繪：黃玉郎，全彩高畫質電子漫畫圖檔，繁體中文合輯 DVD 版。

二零零八年

- 黃易出版社：《封神記》一至十二卷。
- 時報文化出版社：《封神記》一至四卷。

- 《覆雨翻雲》（漫畫）一至一八六集完結。編繪：廖福成。
- 十二月無償捐贈丁衍庸先生創作的油畫、國畫、畫冊（包括《午覺冊》）及印章共十九項給香港藝術館。

二零零九年

- 二月，連續兩個星期每天玩十多小時《異塵餘生3》單機遊戲，左手痠痛不堪。
- 四月，到上海出席上海英特頌圖書有限公司新聞發佈會，為《黃易精品》造勢，希望通過正式授權內地出版社，能終止內地的無序出版狀態。
- 無償捐出丁衍庸十五件作品給廣州藝術博物院。
- 《邊荒傳說》（漫畫）一至一百卷完結，編繪：黃玉郎。

二零一零年

- 推出《大唐雙龍傳》戰爭策略線上遊戲，中國九城火雨製作。

二零一一年

- 《大唐雙龍傳之長生訣》中國中央電視台播映。
- 《黃易群俠傳2 Online》台灣上市，中華網龍股份有限公司發行。

二零一二—二零一四年

- 黃易出版社、時報文化出版社：「盛唐三部曲」之《日月當空》一至十八卷。

二零一四—二零一五年

- 黃易出版社、蓋亞文化有限公司（台灣）：「盛唐三部曲」之《龍戰在野》一至十八卷。

二零一五年

- 蓋亞文化：《邊荒傳說》新編完整版。
- 《黃易派來的Online》台灣上市，中華網龍股份有限公司發行。

二零一五—二零一七年

- 黃易出版社、蓋亞文化：「盛唐三部曲」之《天地明環》一至二十二卷。

二零一七年

- 於四月五日中風病逝，享年六十五歲。
- 黃易出版社：《尋秦記》修訂版。
- 蓋亞文化：《尋秦記》新編完整版。

二零一八年

- 蓋亞文化：《覆雨翻雲》新編完整版。
- 授權天地圖書有限公司（香港）出版黃易部份作品。
- 天地圖書：《黃易散文集》、《月魔》、《上帝之謎》、《光神》、《湖祭》、《獸性回歸》、《超腦》、《聖女》、《浮沉之主》、《異靈》及《爾國臨格》。

參考陳貴婉〈黃易《大唐雙龍傳》研究〉

黃易作品年表（本年表僅收錄香港出版作品）

一九八八年

《月魔》（香港：博益出版社）
《破碎虛空》（香港：博益出版社）

一九八九年

《上帝之謎》（香港：博益出版社）
《光神》（香港：博益出版社）
《湖祭》（香港：博益出版社）

一九九零年

《獸性回歸》（香港：博益出版社）
《聖女》（香港：博益出版社）
《烏金血劍》（香港：博益出版社）

《超腦》（香港：博益出版社）

《荊楚爭雄記》（香港：博益出版社）

一九九二年

《浮沉之主》（香港：博益出版社）

《異靈》（香港：博益出版社）

《超級戰士》（香港：博益出版社）

《超級戰士續集》（香港：博益出版社）

一九九二——一九九四年

《大劍師傳奇》（香港：黃易出版社）

一九九二——一九九五年

《覆雨翻雲》（香港：黃易出版社）

一九九三年

《幽靈船》（香港：黃易出版社）

一九九四年

《龍神》（香港：黃易出版社）

《域外天魔》（香港：黃易出版社）

《靈琴殺手》（香港：黃易出版社）

《時空浪族》（香港：黃易出版社）

一九九四——一九九五年

《星際浪子》（香港：黃易出版社）

一九九四——一九九六年

《尋秦記》（香港：黃易出版社）

一九九五年

《爾國臨格》（香港：博益出版社）

《迷失的永恆》（香港：黃易出版社）

《文明之謎》（香港：黃易出版社）

一九九六年

《諸神之戰》（香港：博益出版社）

一九九六——二零零一年

《大唐雙龍傳》（香港：黃易出版社）

二零零一——二零零五年

《邊荒傳說》（香港：黃易出版社）

二零零六年

《雲夢城之謎》（香港：黃易出版社）

二零零八年

《封神記》（香港：黃易出版社）

二零一二——二零一四年

《日月當空》（「盛唐三部曲」之一）（香港：黃易出版社）

二零一四——二零一五年

《龍戰在野》（「盛唐三部曲」之二）（香港：黃易出版社）

二零一五——二零一七年

《天地明環》（「盛唐三部曲」之三）（香港：黃易出版社）